DREAMBOOKS

南宮匠人

남궁
장인

⑧

ORIENTAL FANTASY STORY & ADVENTURE

신현재 신무협 장편소설

dream
books
드림북스

남궁장인 8

초판 1쇄 인쇄 2017년 1월 5일
초판 1쇄 발행 2017년 1월 16일

지은이 신현재
발행인 오영배
기획 박성인
책임편집 편집부
제작 조하늬

펴낸곳 (주)삼양출판사 · 드림북스
주소 서울시 강북구 도봉로 173
대표 전화 02-980-2112 **팩스** 02-983-0660
편집부 전화 02-980-2116 **팩스** 02-983-8201
블로그 blog.naver.com/dreambookss
출판등록 1999년 3월 11일 제9-00046호

ISBN 979-11-283-9045-6 (04810) / 979-11-313-0600-0 (세트)

드림북스는 (주)삼양출판사의 판타지 · 무협 문학 브랜드입니다.

남궁
장인

南宮
匠人

ORIENTAL FANTASY STORY & ADVENTURE

신현재 신무협 장편소설

8

dream
books
드림북스

목 차

第一章

천화신의를 만나다

　제갈화영이 민도영과 깊은 대화를 나눈 날 저녁.

　남궁혁은 짐을 싸들고 남궁장인가를 나섰다.

　남궁장인가가 있는 섬서 북쪽에서 더 북쪽으로 올라가면 사람이 거의 살지 않는 거친 산악 지대가 있다.

　산악 지대 자체가 방벽의 역할을 하는 터라 외적의 침입도 거의 없어서 이곳을 방비하는 군사도 거의 없고, 관의 영역에서도 한참 떨어져 있는 곳이다.

　그 말인즉슨, 이 지역이 정말 별 볼 일 없다는 뜻과 일맥상통했다.

　이렇게 산이 험한데 지기가 영 좋지 않은지 영약은커녕

평범한 약재도 거의 보이지 않고, 거친 지형과 날씨에서도 살아남을 수 있는 잡초들, 그리고 키 높은 수림만 가득한 곳이었다.

캘 것이 없어서 심마니도 잘 오르지 않는다는 이름 없는 산, 남궁혁은 그중 하나를 열심히 오르고 있었다.

"오랜만에 산을 타니까 옛날 생각이 나네."

웬만한 심마니 뺨치는 솜씨로 바위 절벽을 여기저기 옮겨 다니며 남궁혁이 중얼거렸다.

어릴 때는 직접 산을 타며 나무를 패고 어머니와 아버지를 위한 약재를 찾으러 다녔다.

직접 캔 약재라 돈도 안 들고 좋았다지만 사실 그때 부모님께 드리던 것들은 중하급 약초였다.

지금은 최상급 약재를 아낌없이 달여 드리고 있지만, 역시 직접 캐다 드릴 때 보단 뿌듯함이 적긴 했다.

'이참에 몇 개 캐 갈까?'

아마 남궁혁이 이렇게 딴생각을 하면서 산을 오르고 있다는 걸 알면 사람들은 깜짝 놀랄 것이다.

칼날같이 날카로운 경사에 발 디딜 틈 하나 찾기 어려운 바위 절벽이라니.

마치 남쪽에서 채취할 수 있다는 희귀한 음식 재료인 제비집을 구하러 가는 길처럼 가파른 길이었다.

사람들이 흔히 착각하는 것이 있는데, 직각으로 깎인 절벽이나 반 아치형의 내벽을 타는 것은 생각보다 어렵지 않다.

오히려 지금 남궁혁이 타고 오르는 것처럼 언덕 같은 경사진 절벽이 훨씬 어렵고 사고 위험이 높았다.

언제 위에서 큰 바윗덩어리가 굴러 떨어질지 모르는 데다가 자칫 떨어지기라도 하면 바위로 된 절벽에 구르면서 온몸에 부상을 입으니까.

숙련된 심마니들도 몸에 줄을 칭칭 감지 않으면 엄두도 못 낼 길을 남궁혁은 맨 몸에 맨 손으로 척척 올라갔다.

잡거나 밟을 것이 마땅찮을 때는 손과 발에 내공을 불어넣어 푹푹 박아 넣었다.

몇 시진을 그렇게 계속 오르고 올랐을까.

마침내 남궁혁은 산의 정상에 올랐다.

시야에 들어오는 주변의 산 중에서는 가장 높은 꼭대기.

주변 일대를 한눈에 담으며 남궁혁이 깊게 숨을 들이쉬었다.

냄새가 났다.

독특한 금기(金氣)의 냄새.

실제로 금기에서 냄새가 날 리는 없지만, 비슷한 기분이기는 했다.

그리고 그 금기가 말하는 것은 바로 금속.

남궁혁은 눈을 지그시 뜨고 주변을 둘러보았다.

어디에서 가장 금기가 많이 느껴질까.

……찾았다.

남궁혁의 신형이 한 발짝 내딛음과 동시에 저 멀리 훅 떨어져 내렸다.

열심히 기어 올라온 것이 아까울 정도로 망설임 없는 추락이었다.

신법으로 편히 올라갈 수 있는 것을 일일이 올라간 것은 수련 때문이었다지만, 갑자기 뛰어내린 것은 뭘 위해서일까.

설마, 마교의 빠른 재림과 좀처럼 마음대로 되지 않는 몇 가지 일 때문에 심란해져 목숨을 끊기로 한 것일까?

그럴 리가.

남궁혁은 마치 물수제비처럼 절벽 사이사이의 봉우리를 밟고 통통 뛰어 다녔다.

이 주변에 은은하게 흐르는 금기 중 유달리 특별한 기운을 찾아낸 것이다.

그 기운은 가까이 다가갈수록 마치 농밀한 꽃향기처럼 짙어졌다.

그리고 마침내 도착한 곳.

남궁혁은 편편한 언덕 위에 도착해 검을 뽑아 들었다.

남궁장인가를 출발할 때부터 등짐에 메고 왔던 수 자루의 검 중 하나였다.

세가에서 나오는 검들이 으레 그렇듯 질은 좋아 보였지만, 남궁혁이 쓸 만한 수준의 검은 아니었다.

물론 그 '쓸 만한'이란, 본래 검의 용도로서 말이다.

남궁혁이 쥔 검이 새하얀 검강에 휩싸이기 시작했다.

지난번에 산의 정골을 무너트릴 때처럼, 검을 파괴시켜 땅을 부수려는 것이다.

저번만큼의 파괴력이 필요한 것은 아니었기에 남궁혁은 적당한 강기를 불어 넣은 후, 미리 보아 뒀던 장소에 검을 찔러 넣었다.

그리고 빠르게 뒤로 신형을 날렸다.

콰앙─!

지난번처럼 정골을 파괴하는 것이 아니라 지표를 깨부수는 것이었기에 반응이 빨랐다.

집채만 하던 바윗덩어리는 산산조각이 났고 모래 먼지가 풀풀 일어났다.

벽력탄도 필요 없을 정도로 효과적인 방법이었다.

남궁혁만이 구사할 수 있으니 광산에서 써먹을 수는 없

지만.

"어디보자—"

남궁혁은 콧노래를 흥얼거리며 먼지가 풀풀 일어나는 중심부로 다가갔다.

사람 하나는 충분히 파묻을 수 있을 것 같은 큰 구덩이 안으로 폴짝 뛰어 들어가자 반짝이는 뭔가가 남궁혁의 눈에 보이기 시작했다.

"어라?"

남궁혁은 무릎을 굽히고 산산조각 난 광석을 집어 들었다.

휘수연석(輝水鉛石).

마치 달의 조각처럼 은은한 미색을 띤 광석.

그 빛깔과 모양이 너무 고와서 수정의 일종이라고 착각할 수도 있었지만, 그 주변으로 들러붙은 납회색의 오묘한 광석으로 이를 구분할 수 있었다.

사실 중요한 건 이 예쁜 수정 같이 생긴 광석이 아니라 납회색의 광석 쪽이다.

이걸 잘 제련해서 쇠에 적정량을 섞어 합금을 만들면, 경도가 엄청나게 커진다.

게다가 열에 잘 버티고 부식되지 않는 성격이 있어서 무림에서 쓰이는 병기를 만들기에는 그야말로 최적화된 금속이었다.

종종 산출되는 광산이 있기는 하지만 매장량이 극도로 적어서 보기는 힘든 금속.

남궁혁도 이전 삶에서는 무림맹에서 한두 번 구경해 본 게 전부였다.

그런데 그 휘수연석이 이렇게 가득 박혀 있는 광맥을 찾게 되다니.

남궁혁의 입가에 싱글벙글한 웃음이 걸렸다.

오랜만에 지어 보는 흐뭇하고 뿌듯한 웃음이었다.

광맥의 기운을 찾아낸 건 남궁혁이 익힌 오행신공 덕분이었다.

일전에 모용세가의 음모를 파훼하기 위해 산의 정골을 부숴 버린 얘기를 제갈화영에게 들려 주었더니, 제갈화영이 오행신공의 비밀을 적극 이용해 보는 게 어떠냐고 말을 꺼낸 것이다.

그 오행신공의 비밀이란즉슨, 신공을 수련하여 화경의 경지에 도달했을 경우, 금공과 화공의 기운을 이용해 광맥을 감지해 낼 수 있다는 것이다.

비슷한 용례로 토공의 기운으로는 농사가 잘 되는 기름진 땅을 찾을 수 있다나 뭐라나.

인간사 사는 것이 오행자연과 동떨어질 수 없는 것이니,

오행신공이 이처럼 삶과 밀접한 부분에 연관이 있는 것은 당연한 이치일지도 몰랐다.

제갈화영은 그 방법을 사용해 남궁혁에게 광산을 탐색하는 것이 어떠냐고 제안했다.

광산은 그야말로 부를 쌓는 최고의 지름길이다.

남궁장인가가 지금처럼 성장한 배경에는 세가 주변에 있는 작은 광산 두어 개를 확보한 영향도 컸다.

광물 자체로도 돈이 될 뿐 아니라, 질 좋은 광석을 인건비만 들이고 쓸 수 있으니 무기의 순수익이 높아진 것이다.

특히 지금처럼 돈 주고도 구하기 힘든 광물을 구했을 때는 얻을 수 있는 수익이 그야말로 어마어마했다.

물론, 문제는 있었다.

광물을 찾긴 찾았는데, 찾은 게 다가 아니었다.

법대로 하자면 광산은 전부 관의 소유니까.

지금 남궁장인가도 광산 채굴권을 보유하고 있지만 그만한 세금을 내야 했다.

하지만 지금처럼 휘수연석이라는 귀한 광물이 나오면 채굴권 자체를 허락해 주지 않을 가능성이 높았다.

"비밀리에 채굴해야겠는걸."

다행히 이 부근은 관의 눈길이 닿지 않았다. 일부러 그런 곳을 고르긴 했지만.

"그럼 좀 더 찾아볼까나?"

남궁혁은 다시 저 먼 산등성이를 바라보며 어디선가 느껴지는 금의 기운에 집중하기 시작했다.

*　　　*　　　*

남궁혁이 광산을 찾아 세가 북쪽으로 떠나고 반 년 후.

하북의 남서쪽에 위치한 석가장에 있는 천화의원은 오늘도 사람이 북적북적 들끓었다.

하북에서 명의를 꼽자면 세 손가락 안에 들어간다는 젊은 명의, 천화신의(天花新醫)가 운영하는 의원이기에 당연하다면 당연한 일이었다.

그나마도 그의 나이가 지나치게 젊기 때문에 평가절하되는 것이지, 실질적으로는 하북 제일이라는 말도 있었다.

다만 이 의원은 특이한 점이 하나, 아니 여럿 있었는데, 첫째는 의원을 찾은 이들의 상당수가 여인이라는 점이었고, 둘째는 줄이 이토록 긴 데도 누구 하나 불평하거나 의원을 탓하는 이가 없었으며, 셋째는 진료를 보는 이들 전부 어디서 쉽게 보지 못할 미남이라는 점이었다.

"진맥을 보게 소매를 걷어 주시지요. 실을 매어 맥을 볼 것입니다…… 부인?"

"아, 아이쿠, 에그머니나. 죄송합니다, 의원님. 쇤네가 순간 넋을 잃고 그만—"

여기저기서 의원들의 미모에 침을 흘리다가 진단과 치료를 제대로 받지 못하는 상황이 잇달았지만 누구도 불만을 표시하는 사람은 없어 보였다.

그리고 이 천화의원 가장 깊은 내실에서는 의원의 주인이자 천화라는 이름에 결코 손색이 없는 미모의 소유자인 천화신의 천유가 한 사람을 진맥하고 있었다.

남자인 것이 안타까울 정도로 곱디고운 희고 부드러운 살결, 침을 쥐는 것보단 장신구를 걸치는 것이 어울릴 것 같은 섬섬옥수, 그러면서도 동시에 가시와 같은 날카롭고 야살스러운 눈매까지.

그야말로 미인이라는 말이 이보다 더 어울릴 수는 없는 사내였다.

"그나저나 자네 소식 들었나?"

진맥을 받고 있던 이가 뜬금없이 천유를 보며 입을 열었다. 그는 천유와 오랫동안 친분을 나눈 사이라 천유의 미모에 새삼스럽게 놀라거나 넋을 빼앗기진 않았다.

"뭘 말인가?"

"남궁장인가 말일세. 자네가 가끔 얘기하던 거기."

친우의 말에 천유는 무료한 얼굴로 침을 싸 놓은 천을 주섬주섬 풀었다.

"이제 흥미 없네. 형님이 서찰에서 자주 언급하시기에 관심을 가졌는데, 거기 소가주의 인물이 영 별로더군. 다른 재밌는 얘깃거린 없나?"

친우는 어쩔 수 없다는 듯 피식 웃었다. 늘 세상만사가 지루하다는 표정인 이 미인이 유일하게 흥미를 보이는 것은 쾌락이었다.

즐거운 얘깃거리, 흥겨운 음악, 향기롭고 맛좋은 술과 음악, 그리고 빼어난 미모를 가진 여자와 남자.

그를 즐겁게 하는 것이라면 무엇이든 가리지 않고 받아들일 준비가 되어 있는 그는 천화신의라는 이름과는 조금 거리가 멀어 보였다. 하지만 그의 실력 하나는 진짜배기였다.

"내 말을 들으면 흥미가 돋을걸?"

"재미가 없으면 이 장침으로 그 입을 꿰매 버릴 걸세."

"거 사람 참 살벌하기는."

"대신 흥미가 동하면 오늘 치료는 무상으로 해 주지. 자, 말해 보시게나."

그래도 재밌는 얘기라는 말에 솔깃했는지 천유가 팔짱을 끼고 그의 말을 기다렸다. 친우는 기회를 놓치지 않고 얼른 입을 열었다.

"남궁장인가의 총관 민도영에 대해서 알지?"

"알고말고. 한림원 학사 출신, 과거 서원을 차렸다가 남궁장인가 소가주 남궁혁에게 총관으로 영입된, 흑단 같은 머리카락과 화선지 같은 얼굴, 섬세한 붓으로 그린 것 같은 이목구비의 단아함이 마치 한 폭의 난 같다는 미인 아닌가. 남복을 했을 때의 자태는 물론이요, 간혹 여복을 입었을 때의 자태 또한 남달라 예의 주시하던 미인이지."

"그러면 제갈세가의 제갈화영에 대해서는 당연히 알겠군?"

"그 미인을 어찌 모르겠는가? 미소를 지으면 봉긋 피어오른 한 봉오리 모란꽃 같다는 제갈가의 절세미녀 아닌가. 지금은 화영상단이라는 상단을 꾸려서 남궁장인가에 가 있다는 소문을 들었네. 예전에는 화영방을 통해서 얼굴이라도 볼 수 있었는데, 남궁장인가로 가면서 세인들이 그 아름다움을 감히 눈에 담을 기회조차 없어져 버렸지. 쯧쯧, 안타까운 일이야. 나 또한 언젠가는 그 화사한 미소를 견식해 보고 싶었건만."

천유는 진심으로 아쉽다는 듯 그 아름다운 미간을 찌푸리며 투덜거렸다.

"과연 중원 천지의 미인에 대해서라면 모르는 게 없다는 탐미신의(眈美神醫) 답군. 자네 얼굴을 보면 다른 미인을 탐할 필요가 없을 것 같은데 참 신기하단 말이지."

"뭘 모르는 소릴 하는군. 나는 날 때부터 지극히 아름다운 것을 보고 자랐네. 다섯 살 때 연못에 비친 내 얼굴을 본 후로는 이 세상의 많은 추함에 대해 슬퍼하게 됐지. 그런 내가 미인을 탐하는 것이 무엇이 문제란 말인가?"

"뭐, 통상적으로 미녀를 탐하는 거야 사내라면 능히 있는 일이네만, 자네는 좀 특이하잖나."

이 의원만 해도 그랬다. 천화의원이 제자를 뽑는 기준은 단 하나, 미모였다.

출신 성분을 따지지 않고 미인이기만 하면 재능이 없어도 받아들여 의술을 가르쳤다. 의원이 될 수 없는 여인들은 의방의 하녀로 들였다.

처음에는 천유가 세상을 돌아다니면서 가난한 집의 어여쁜 아이들을 하나둘 데려오는 정도였다.

하지만 지금은 아이를 천화의원에 보내 의원으로 만들고 하는 사람들 때문에 지원자도 적잖이 몰려들고 있었다.

그 때문에 점점 더 천화의원 의원들의 미모는 상향평준화되었고, 거기에 실력마저 상당한 덕에 천화의원은 날이 갈수록 번창하고 있었다.

그 중심에는 무림의 검화들과 비교해도 결코 손색없는 미모를 가진 미남자, 천유가 있었다.

"여인이든 사내든 아름다운 것은 소중하니까. 그래서, 그 두 여인에 대한 새로운 정보라도 있는 건가?"

"방금 얘기한 두 미녀가 앓아눕는 바람에 남궁장인가에서 실력 있는 명의를 구한다는 말이 있다네. 자네가 가 보는 건 어때?"

"호오—"

천유의 눈이 반짝였다. 민도영과 제갈화영, 소문으로만 듣던 그 아름다운 미녀들을 두 눈으로 보고 직접 치료할 수 있는 기회라니.

"이건 치료비를 제할 만하군."

"잘 됐군. 자네는 실력이 좋긴 한데 값을 너무 비싸게 받는다고."

"그나마 자네니까 깎아 주는 거야."

천유는 그렇게 말하며 친우의 몸에 꽂았던 침을 하나둘 빼냈다. 그러면서도 그의 입가엔 싱그러운 미소가 걸려 있었다.

말로만 듣던 남궁장인가의 두 미인이라니. 그 정도라면 섬서까지 직접 발걸음을 할 만한 가치가 있었다.

*　　　*　　　*

남궁장인가의 별채 안에서는 한창 다툼 아닌 다툼이 벌어지고 있었다.

"안 된다니까요!"

"괜찮습니다, 소가주."

"저도여요. 그만 비켜 주시와요."

"안 돼요. 절대 안 돼. 두 분 다 여기서 못 나가고, 약 잘 먹고, 일 생각은 하나도 안 하고, 삼일 간 푹 잘 때까지 여기서 안 비킬 겁니다."

이 소란은 민도영과 제갈화영이 임시로 함께 쓰고 있는 방 안에서 벌어지고 있었다.

지난 반 년간 과로로 인해 안 그래도 몸이 약했던 제갈화영과, 크게 아픈 곳은 없었지만 무리해서 일을 하는 데 일가견이 있는 민도영이 동시에 쓰러진 것이 일의 발단이었다.

쓰러진 것까지야 괜찮았다. 기혈이 허한 것이니 약을 먹고 제 때 자면서 몸을 움직이면 수시일 내에 체력이 회복될 터였다.

문제는 이 두 여인이 그 아픈 몸을 이끌고도 밤새 일을 보느라 웬만한 보약으로도 회복이 안 되는 지경까지 간 것이다.

지금 두 여인의 모습은 평소 보이던 말끔하고 아름답던

모습과는 사뭇 거리가 있었다.

퍽퍽하고 윤기 없는 머리카락, 그늘진 눈 밑, 바짝 마른 두 뺨, 생기 없는 입술까지.

그 모습을 보고 있자니 남궁혁은 마음이 아팠다.

세가에 소속된 의원들을 불러 모으고 남궁혁도 직접 진맥을 보고 약을 준비했으나, 사람이 허한 몸으로 계속 일을 하는데 몸이 회복할 시간이 있을 리가 없었다.

결국 남궁혁이 직접 두 여인을 한 방에 몰아넣고 휴식을 취할 때까지 감시를 하기로 한 것이다.

다른 사람이 감시를 선다면 분명 이 두 사람은 어떻게든 상대를 말로 꼬여 내 자신들이 감금(?) 당해 있는 방으로 일감을 갖고 오게 할 테니까.

남궁혁은 눈을 딱 감고 문 앞을 가로막고 앉아서 가부좌를 틀었다.

"저희 둘도 자리를 비우고 저희를 감시하느라 소가주까지 자리를 비우신다면 세가가 돌아가질 않습니다."

"고작 삼일 만에 업무에 마비가 올 체제라면 이참에 바꾸죠. 자자, 다들 자리에 누우세요."

바늘로 찔러도 피 한 방울 안 나올 것 같은 남궁혁의 태도에 두 여인은 나란히 한숨을 내쉬었다.

반년간 함께 일하면서 상당히 친한 사이가 된 것 같았는데, 이런 일에도 동질감을 느끼는 모양이었다.

화경의 고수가 문 앞을 지키고 있는데 무공을 익히지 않은 두 여인이 이를 뚫고 지나갈 수 있을 리가 만무하니, 결국 두 여인은 나란히 놓인 이부자리 안으로 들어가 잠을 청할 수밖에 없었다.

일을 하겠다고 기를 쓴 것에 비해 피곤하긴 했던 모양인지 방 안에는 곧 두 사람의 새근새근한 숨소리가 피어올랐다.

남궁혁은 가부좌를 튼 채 그녀들을 지켜보며 작게 한숨 쉬었다.

오행신공의 수련을 성공적으로 마친 기린대와 새로이 들어온 무사들의 기강을 바로잡느라 미처 두 사람에게 신경을 못 쓰고 있었다.

지난번 대대적인 모집을 통해 모은 무사의 인원이 무려 천여 명.

이로 인해 남궁장인가의 무력집단은 총 천이백 명으로 늘어났다.

이제 중견문파의 크기를 넘어선 몸집을 가진 세가가 된 것이다.

남궁혁은 남궁혁대로 이들을 인솔하느라 바빴고, 민도영과 제갈화영은 여섯 배로 불어난 인원들을 관리할 체계를 만드느라 바빴다.

그나마 반 년 동안의 일 처리로 인해 겨우 일이 좀 정리될까 싶었는데, 사람이 긴장이 풀리면 병이 온다고 두 사람이 연달아 쓰러진 것이다.

처음에는 제갈화영이 쓰러졌었다.

아무리 구음절맥이 다 나았다고는 하나 막대한 음기에 이십 년 넘게 손상을 입어 온 혈맥들이다. 당연히 평생을 다스려 가며 살아야 하는 종류의 것이었다.

제대로 잘 먹고 잘 자고 건강하게 살아야 평범한 사람만큼 겨우 살 수 있는데, 침식을 잊고 일에 몰두했으니 탈이 나는 것도 당연하다.

그리고 민도영.

민도영이 쓰러졌을 때, 남궁혁은 진맥을 짚어 보고 깜짝 놀랐다.

온몸에 기가 성한 곳이 없었다.

너무 오랫동안 혹사를 해 온 흔적이었다.

아무리 좋은 보약과 영약을 먹인다고 해도, 몸이 약을 소화시킬 정도의 휴식 시간이 없으면 오히려 독이 된다.

그것을 간과한 것이다.

생각해 보니 민도영이 처음 남궁장인가에 오고 지금까지 제대로 쉰 적은 한 번도 없었다.

남들이 다 노는 때에도 민도영은 남들의 휴식을 위해 일했다.

게다가 남궁혁이 자리를 비운 날이 워낙 많아서 그 업무가 더해지다 보니 과중한 업무가 일상이 되어 버린 것이다.

그게 늘 당연한 사람이라서 몰랐다. 총관이라는 자라니까 으레 바쁜 거려니 싶었다. 그런데 그 방심이 이렇게 돌아올 줄이야.

남궁혁은 조용히 잠든 민도영의 얼굴을 바라보며 착잡한 기분에 빠졌다.

자신이 언제나 이렇게 감시할 수도 없는 노릇이니, 두 여인의 건강을 전담으로 돌봐줄 사람이 하나 필요했다.

반 년 전부터 제대로 꾸리기 시작해서 모인 의원의 숫자도 스무 명이나 되건만, 남궁혁이 생각하기엔 부족함이 있었다. 숫자보다는 실력이 부족했다.

민도영은 평범한 신체를 갖고 있지만 제갈화영은 아니니까.

좀 더 무공에 대한 깊이를 갖고 있는 의원이 필요했다.

여기저기 실력 있는 의원을 구한다는 말을 퍼트렸지만, 남궁혁이 원하는 정도의 명의는 이미 자신만의 의방을 갖고 있기 때문인지 한 사람도 오지 않았다.

과연 그런 사람이 구해지기는 할까. 의원을 구하는 일을 좀 더 일찍 시작했어야 한다는 생각에 남궁혁은 착잡해졌다.

그때 기린대주 양명이 문을 두드리며 알렸다.

"소가주. 천유라는 의원이 뵙기를 청합니다."

"천유?"

"예. 하북의 천화의원에서 왔다고 합니다. 지금 접견실에서 소가주를 기다리고 있습니다."

남궁혁의 머릿속에서 한 가지 기억이 스쳐 지나갔다.

이전 삶에서 마교에 합류를 제의받았다가 거절한 탓에 죽음을 맞이했던 천화신의 천유.

젊은 나이부터 하북 지역에서 제일가는 의원으로 손꼽히며 명성을 날렸던 그는 특히 무공에 조예가 깊어서 무림인의 질병을 돌보기로 유명했었다.

때문에 각종 대문파들이 금은보화를 싸 들고 가 천유를 모시려고 했으나, 그 엄청난 미모만큼이나 자존심이 강하고 콧대가 높아서 꿈쩍도 하지 않았다.

그런 천유가 제 발로 남궁장인가에 걸어오다니?

남궁혁은 자리에서 벌떡 일어났다. 그 천유가 지금 이 시점에 세가에 찾아온 걸 보면 분명 두 여인을 치료하기 위해서인 게 틀림없었다.

"양 대주. 여기서 두 분이 어디 못 가고 푹 주무시게 잘 지켜요."

"존명."

양명은 혹시라도 두 여인이 깰까 봐 작은 목소리로 답한 후, 문간 앞에 우뚝 섰다.

그래도 남궁혁의 명령이라면 사지에 뛰어드는 것도 불사할 양명이니 두 여인의 말에 넘어가진 않으리라.

양명에게 두 여인의 감시를 맡긴 후 남궁혁은 곧바로 천유가 기다리고 있는 접견실로 향했다.

천유는 그 고운 머리카락을 여인처럼 부드럽게 늘어트린 채, 찻잔을 마치 그림처럼 홀짝이고 있었다.

"어서 오세요, 제가 남궁장인가의 소가주 남궁혁입니다."

남궁혁은 밝게 인사했다. 마침 딱 필요하던 사람이 왔으니 반갑지 않을 수가 없었다.

하지만 천유의 반응은 달랐다. 그는 퉁명스러운 표정으로 찻잔을 내려놓고는 남궁혁을 머리부터 발끝까지 빤히 훑어보았다.

"흐음, 과연 듣던 대로 평범하기 짝이 없군요. 뭐, 못 봐줄 얼굴은 아니긴 한데, 체격은 전형적인 무림인이고. 뛰어난 무골은 아닌데 어떻게 화경의 경지에 달했지?"

남궁혁의 미간이 티 나지 않게 구겨졌다. 사람을 눈앞에 두고 품평이라니. 이런 무례한 사람이 어디 있는가.

하지만 지금 급한 건 남궁혁 쪽이었다. 원래대로라면 이런 무례한 사람 따위 당장 돌아가라고 했겠지만, 지금은 바쁜 남궁혁 대신에 두 여인의 건강을 돌봐줄 신의가 절실히 필요했다.

"뭐, 그래도 사람 하나는 괜찮다는 말을 들었으니까. 그래서, 환자는 어디 있습니까?"

정말 남궁혁은 안중에도 없다는 태도였다. 한숨이 푹 나오려고 했지만 그래도 상대는 손님. 특히나 지금 꼭 필요한 손님이었다.

그렇다고 해서 민도영과 제갈화영에게 바로 데려갈 수는 없지만.

"우선 환자를 보시기 전에 면접이 좀 필요합니다."

남궁혁은 당장이라도 일어나려는 천유를 무시하고 자리에 앉았다. 천유는 강하게 나오는 남궁혁이 의외라는 듯 피식 미소 지었다.

"호오, 환자들의 상태가 들은 만큼 나쁘진 않은 모양이군요. 촌각을 다툰다기에 빨리 달려왔습니다만. 면접이라, 뭘 물어보려고 그러시는 겁니까?"

"딱히 특별한 건 아니고, 두 환자 중 한 명이 조금 특별한 병을 앓은 후라서 말이죠. 병을 오랫동안 앓아서 특별한 관리가 필요합니다만, 그럴 실력이 있는지 궁금하네요."

"특별한 병이라, 호기심이 생기는데요. 어디 한 번 얘기를 들어 보지요."

"별 건 아닙니다. 그저 천화신의께서 한 번도 치료에 성공하지 못한 병이라고나 할까."

"구음절맥 말입니까? 제갈화영 소저가 구음절맥을 앓았다는 건 상당히 유명한 얘기지요."

"맞아요. 우리 세가의 군사께서는 구음절맥을 오래 앓아 온 분이에요. 지금은 완치되었지만, 관리가 필요하지요. 천화신의의 실력에 대해서는 저도 잘 압니다만, 듣자 하니 구음절맥만큼은 손을 못 쓰신다던데. 그렇다면 저희 세가에서 그대를 모실 만한 이유가 있는지 잘 모르겠네요."

남궁혁은 빙긋 웃으며 천유를 바라보았다.

천유는 이상할 정도로 구음절맥 환자에 집착하기로 유명했다.

들리는 소문으로는 천유가 구음절맥으로 사랑한 이를 잃었기 때문이라는 말이 있었다.

때문에 구음절맥 환자가 있다 하면 어디든 달려갔지만 단 한 번도 치료에 성공해 본 적은 없었다.

아마 제갈세가에서 제갈화영의 치료를 위해 천유를 부르지 않았던 것도 그가 구음절맥의 환자를 완치시킨 적이 없었기 때문이리라.

하지만 구음절맥을 치료하지 못하더라도 천유만 한 의원을 합류시키는 데는 충분한 의미가 있었다.

제갈화영은 이미 완치됐고, 비록 계속 실패했지만 구음절맥을 오래 공부해 온 천유라면 그 후속 관리 또한 잘 해 줄 것이다.

"자, 이제 제게 우리 세가의 두 기둥을 당신에게 맡길 만한 이유가 있는지 설명해 주시겠어요?"

남궁혁의 말에 천유는 꿀 먹은 벙어리가 되었다.

사실 남궁혁은 이렇게까지 따질 생각은 없었다.

천유의 실력이야 이전 삶에도 유명했고, 제갈화영뿐 아니라 민도영의 주치의로서 손색이 없었다.

그런데 성격이 괴팍하다느니, 미인을 유달리 밝히는 괴벽이 있다느니 하는 소문이 있어서 어느 정도 예상은 했지만, 아까의 무례함은 상상 이상이었다.

어쩌면 이전 삶에서 마교에 의해 살해당한 것도 바로 이 괴팍한 성격 탓이 아닐까?

"……신기하군요. 보통 아픈 사람이 있는 집에 신의라 불리는 의원이 오면 버선발로 뛰어나오다 못해 업고 들어갈 기세인데. 믿는 구석이 있나 봅니다?"

"그야 그 구음절맥을 치료할 수 있게 도와준 게 나니까요. 그리고 신의라 불릴 수준까진 아니지만 우리 의원들도 환자들을 돌볼 정도 실력은 있습니다. 그들도 나름의 일로 바쁘니 부탁할 다른 사람들을 찾는 거지요."

신의라 불릴 정도는 아니지만 천유가 치료하지 못한 구음절맥을 치료하는 데 도움을 줄 정도의 실력.

단순히 말하자면 남궁혁이 은근슬쩍 천유를 돌려 깐 것이다. 자신의 무례에 남궁혁이 어지간히도 빈정이 상했다는 걸 깨달은 천유의 표정이 조금 달라졌다.

"⋯⋯실례했습니다. 사실 당신에 대한 얘기를 너무 많이 들어서 당신을 좀 편하게 생각했나 봅니다."

"나에 대한 말을요?"

남궁혁이 되물었다. 이 천유라는 의원은 세상천지에 의술과 미인 외에는 관심 있는 게 없는 사람이라고 들었는데. 남궁혁에 대해서 너무 많이 얘기를 들을 정도라니?

"아는 사람이 계속해서 남궁장인가에 의탁해 볼 생각이 없냐고, 거기 소가주라면 네 성격을 받아 줄 수 있을 것이라고 말하더군요. 내가 당신에게 도움이 됐으면 좋겠다고요. 형님이 하도 좋은 사람이라고 칭찬을 늘어놔서 형처럼 대책 없이 단순한 사람인 줄 알았는데 그건 아닌가 봅니다."

"형이라면 혹시⋯⋯?"

"호오. 짐작 가는 부분이 있으신 것 같은데. 말씀해 보시죠."

"짐작이라기 보단, 당신에 대한 소문을 들은 적 있거든요. 당신이 팽가의 사람이라는 얘기를요."

"그렇게 말하는 걸 보니 내가 동생이라는 걸 천룡 형이 당신에게 얘기하진 않았나 보군요."

남궁혁은 조금 얼떨떨했다. 이전 삶에서 들었던 소문이 진짜였다니.

이전 삶에서 천유에 대해 들었던 한 가지 소문.

그것은 천유가 하북 팽가주의 아들이라는 소문이었다.

미모가 빼어나기로 유명했던 후처가 낳은 둘째 아들로, 어미의 미모를 타고나 어릴 때부터 미소년으로 유명했다고 한다.

하지만 소년의 삶이 그렇게 순탄하지는 않았다.

팽가의 무공이 낭창낭창한 몸을 가진 천유에게 맞지 않았던 것은 둘째 문제였다.

정말 문제는 그의 남색 기질이었다.

명문가의 귀공자로 자란 그는 남자를 사랑하면서도 그 사실을 거부하려 애를 썼다.

때문에 의술을 익히기 시작했다. 자신이 대체 뭐가 문제여서 남자에게 끌리는지 알고 싶었던 것이다.

그러다가 점점 의술에 빠지기 시작하면서 가족과 갈등을 겪었다.

도법에 천부적인 재능이 있는 수준은 아니었지만 그래도 그는 팽가주의 아들. 수련도 내팽개치고 의술에만 푹 빠져 있는 천유가 곱게 보일 리 없었다.

그러다가 자신의 남색 기질이 의학적으로 크게 문제가 있는 것이 아니라는 걸 깨달은 천유는 자신이 남자만을 사랑할 수 있는 이라는 것을 받아들이고, 이 사실을 팽가주에게 털어놨다가 절연 당했다고 한다.

팽씨 성을 쓰는 것조차 허락받지 못했기 때문에 성을 쓰지 않고 천유라는 이름만 쓴다고.

여기까지가 남궁혁이 이전 삶에서 들었던 천유에 관한 소문이었다.

이야기의 상당 부분이 상세했지만 하북 팽가의 자제가 남색가에, 도법이 아닌 의술을 익히고, 그 때문에 가족과 절연했다는 얘기는 너무 지나치다고 생각해서 남궁혁이 잊고 있었던 얘기였다. 그런데 그게 진짜였을 줄이야.

이게 사실이라는 말을 듣고 나니 일개 의원이었던 천유가 마교와 손을 잡는 데 거부감이 있었던 것도 이해가 갔다.

무공에 조예가 깊은 것도 그랬다. 팽가주의 아들이었으

니 무공에 대한 공부를 허투루 하진 않았으리라.

보통 신의라 불릴 정도의 의원에 무공에도 조예가 있다면 대문파에서 데려가려고 기를 쓴다.

그런데도 홀로 독립된 의원을 차린 것 역시 아마 그의 집안과 연관이 있지 않을까.

"좀 의외네요. 그 소문이 사실이라면 팽가 사람들하고는 아주 연락을 안 하고 살 것 같은데, 천룡하고는 연락하시나 봅니다."

"형은 가문 내에서 유일하게 편견 없이 나를 대해 준 사람이니까요. 속 좁고 편파적인 천택 녀석과는 다르죠. 그래서 형과는 아직까지 연락을 하고 있죠. 솔직하게 말하자면 형의 말에는 별 관심이 없었고, 이번에 쓰러진 환자 둘이 상당한 미인이라 달려왔습니다만. 조금 다른 쪽으로 흥미가 생기는군요."

"무슨 흥미요?"

"당신 말입니다."

천유가 은근한 눈으로 남궁혁을 바라보았다. 과연 미인은 미인이었다. 검은 나비가 날갯짓을 하듯 파르르 떨리는 짙은 속눈썹이며 그윽한 눈동자는 그 누구라도 잠시 넋을 놓을 것 같았다.

하지만 남궁혁에게는 소용이 없었다. 눈앞의 상대가 미

인이기는 하나, 남궁혁에게 천유는 오직 민도영과 제갈화영을 위한 의원일 뿐이었다.

"저에 대한 관심은 미뤄 두시고, 일단 아까 질문한 거에 대한 답부터 해 주시죠. 제가 굳이 당신을 영입해야 할 필요성이 있을까요?"

사실 천유가 무슨 대답을 하든 남궁혁은 그를 받아들일 생각이었다. 천유 외에 그만한 실력자가 남궁장인가를 방문한다는 보장은 없으니까.

그러니 앞의 물음은 구음절맥에 매달리는 그가 구음절맥을 완치한 사례를 눈앞에 두고 돌아갈 리 없다는 확신에서 나온 질문이었다.

천유는 잠시 고민하더니 답을 내어놓았다.

"그야 제가 이 중원 땅에서 아마도 미인을 가장 많이 치료한 사람일 테니까요."

"그게 무슨 소립니까?"

이건 웬 뚱딴지같은 소리람. 남궁혁이 미간을 찌푸리자 천유가 설명을 덧붙였다.

"미인이라는 건 단순히 용모의 아름다움을 뜻하는 게 아닙니다. 육체를 구성하는 음양오행의 조화, 그것이야말로 빼어난 미인을 만드는 조건이죠. 내가 미인을 좋아하는 건 보기에 아름다워서만이 아닙니다. 그들이 지닌 육체의 균형이 조화롭기 때문이기도 하지요. 저는 미인이란 체질적 특성 중 하나라고 봅니다. 미인이라면 값도 안 받고 진료를 해 주기 때문에 미인의 체질에 대해서라면 모든 꿰뚫고 있지요. 남궁장인가의 두 미녀에게 나보다 더 좋은 의원은 없을 겁니다."

천유의 말은 그야말로 청산유수였다. 너무 말을 잘해서 얄미울 정도였지만 남궁혁도 그의 말에 동의했다.

관상으로 사람의 성격을 알 수 있고, 성격은 그의 신체를 구성하는 오행에서 나온다.

몸의 형태를 보면 역시 성격과 생활 습관을 알 수 있고, 그 또한 오행의 결과물이다.

사람이 날 때부터 사주팔자에 의해 정해진 타고난 오행이 그 사람의 신체로 나타나는 것이다.

그렇다면 얼굴 생김새나 몸의 형태가 비슷한 사람끼리는 비슷한 오행, 비슷한 신체 상태를 갖고 있을 가능성이 높았다.

"일리가 있네요. 또 다른 건 없나요?"

하지만 남궁혁은 순순히 넘어가지 않았다. 천유가 끄응—, 앓는 소리를 내더니 결국 꽁지를 내렸다.

"……알고 계시는지 모르겠습니다만, 저는 의원이 된 후로 줄곧 구음절맥을 좇아왔습니다."

"네, 알고 있어요."

"첫 환자는 제 친구였지요. 남자인데도 구음절맥이 발병한 독특한 경우였습니다. 구음절맥은 여인에게도 독이지만 사내에게는 그야말로 극독이나 다름없어서, 그는 열다섯을 넘기지 못하고 죽었습니다. 중소문파의 문주였던 아비가 온갖 영약을 먹인 덕분에 그만큼이나마 살았지요."

아마도 그 친구가 천유의 첫 연정이 아니었을까. 남궁혁은 붉어진 천유의 눈시울을 보며 생각했다.

"그 친구가 죽은 후, 저는 어떻게든 구음절맥을 치료할 수 있는 방법을 찾기 위해 절치부심했습니다. 영약이 있다면 확률이 높아지지만, 저는 영약 없이도 치료할 수 있는 방법을 찾고 싶었습니다. 그런 제게 구음절맥이 완치된 환자는 천금과도 같은 기회입니다. 부디, 제게 환자를 살필 기회를 주십시오."

꼿꼿하게 서 있던 천유의 목이 깊이 숙여졌다.

이렇게까지 저자세를 바랐던 건 아닌데. 당황한 남궁혁이 손사래를 치며 그를 일으켜 세웠다.

몸을 일으킨 천유의 눈에서 눈물 한 방울이 뚝 떨어졌다.

아무리 천유의 외모에 관심이 없는 남궁혁이라지만 천유가 그 고운 얼굴로 눈물을 흘리니 마음이 좋지 않았다.

"하지만 제갈 소저는 영약을 통해서 치료한 경우여서 당신에게 도움이 되지 않을 거 같은데요."

이건 일부러 핀잔을 주기 위한 게 아니라 진짜였다. 자신도 한 때 어머니의 반위 때문에 마음 고생했던 기억이 떠올라 천유의 일이 남 같지 않아졌다.

"영약을 통해 치유한 것이라도 살피다 보면 무슨 방도가 있겠지요."

"그럼 좋아요. 마지막으로 이것도 중요한 질문인데, 저는 당신이 두 여인을 돌보는 전담 의원이 되어 주었으면 해요. 그 말인즉, 잠깐 그들을 돌보는 게 아니라 우리 남궁장인가 소속의 의원이 되었으면 한다는 거예요. 하지만 의원께서는 이미 하북에 의방이 있죠? 저희 소속이 되어 일하실 수 있으시겠습니까?"

"……평생 이 세가에 소속되길 바라시는 겁니까?"

"그런 건 아니에요. 물론 그래 주면 좋겠지만 의원께서도 꾸려 온 의방에 대한 정이 있으실 테니까. 그래도 최소 십 년은 머물러 주셨으면 하는데요."

십 년. 남궁혁이 생각한, 마교와의 일전이 정리되기까지의 시간이었다. 물론 마교에게 패하면 십 년이고 뭐고 의미가 없겠지만.

천유는 잠시 고민하더니 고개를 끄덕였다.

"십 년이라면 괜찮습니다. 의방은 제자들에게 맡겨 두도록 하죠."

"좋아요. 두 분을 잘 부탁드려요. 정말 제 목숨만큼 소중한 분들입니다."

남궁혁이 자리에서 일어나 천유를 향해 포권을 취했다.

그 모습에서 정말 진심이 느껴져서, 천유는 자신도 모르게 자리에서 일어나 그를 마주하고 포권을 취해 보였다.

팽가를 떠난 이후로 자신을 무인이라고 생각하지 않았기에 오랜만에 취해 보이는 인사였다.

"그러면 가실까요?"

남궁혁이 민도영과 제갈화영이 있는 쪽을 향해 손짓해 보였다.

순간, 천유는 심장이 덜컹 내려앉았다. 남궁혁의 얼굴에서 어쩐지 죽은 친우, 자신의 첫 연정 상대였던 그의 얼굴이 겹쳐 보였다. 왜 몰랐을까. 이렇게 닮았는데.

"예, 알겠습니다."

천유는 내색하지 않고 남궁혁의 뒤를 따랐다. 왜 형의 말을 듣지 않고 이제야 남궁장인가에 왔는지 약간 후회하면서.

第二章

남궁장인가,
한 발 더 나아가다

　모용세가 사건이 일어나고 2년 후.

　그간 천하는 다소 어수선하긴 했지만 중원 전체가 떠들
썩해지는 큰 사건은 없었다.

　그 원인은 뭐니 뭐니 해도, 민간인마저 관심을 가졌던 마
교와 관련된 일이 없기 때문일 것이다.

　대문파들은 이미 서로의 영역에 대한 불가침이 확실하게
자리 잡은 터라 큰 이권 다툼 따위가 벌어지지 않았고, 기
껏해야 중소문파들의 알력 싸움이나 있을 뿐이었다.

　이렇다 할 큰일이 없으니 가장 곤란해진 것은 정보 문파
들이었다.

대놓고 하는 세력 싸움이든, 물밑에서 벌어지는 알력 싸움이든, 정보는 반드시 싸움판의 주변을 맴돈다.

평소라고 정보가 팔리지 않는 것은 아니지만, 역시 싸움이 붙을 때 수요도 많고 값도 천정부지로 뛴다.

그것이 대문파 간의 알력 싸움이라면 더더욱 그랬다.

사실 마교와의 일에서 개방을 비롯한 정보 문파들은 크게 재미를 보지 못했다.

마교에 대해서 아는 게 있어야 팔아먹을 거 아닌가.

모용세가와의 일에서 개방의 요녕 지부가 큰일을 맡기는 했지만 그건 어디까지나 무력집단으로서 개방의 이름값을 높였을 뿐, 돈이 되는 건 아니니까.

말하자면 영 재미를 보지 못한 것이다.

어디서 영약이나 귀물에 대한 소문이라도 혹 돌면 자잘한 정보라도 팔아먹을 텐데, 그런 것도 없고.

그렇게 중원 전역의 정보 문파들이 한가로운 나날들을 보내고 있을 때, 유일하게 바쁜 곳이 하나 있었다.

화산파가 자리 잡은 섬서의 성도 서안(西安).

화산을 비롯한 여러 사찰에 기도를 드리러 가는 이들은 물론이요, 평소에도 온갖 장사치들과 사람들이 바글바글한 이 도시에도 역시나 정보 문파가 있었다.

정보를 얻기 위해 섬서를 방문한 한 무사가 초립을 깊게

눌러쓰고는 한 골목 안으로 깊게 들어갔다.

낮인데도 붉은 홍등이 주렁주렁 걸린 어두컴컴한 이 골목은 일반 기루에 가지 못하는 돈푼 없는 자들이 주로 찾는 사창가였다.

옷고름을 풀어헤치고 풍만한 가슴을 그대로 드러낸 여인들이 무사의 옷깃을 잡아끌려고 했지만, 그의 날카로운 눈빛에 다들 흠칫하며 뒤로 물러났다.

그는 곧 골목 끝에 있는 어떤 허름한 집 안으로 들어갔다.

방 안에는 어떤 사내가 전라의 여인 둘을 옆구리에 끼고 코까지 드르렁 골면서 잠들어 있었다.

"일어나라."

무사의 날카로운 음성에 사내가 실눈을 떴다.

아무래도 무사가 들어왔다는 걸 알고도 자는 척했던 모양이었다.

하지만 그는 아무렇지도 않다는 듯 능청스럽게 침을 쓱 닦고 일어났다.

"아이구, 나으리. 죄송합니다요. 좀 전까지 질펀하게 방사를 하느라 오신다는 것도 잊고 깜빡 잠이 들어 버렸습니다요."

"됐고, 말한 것은 준비되었느냐?"

"물론입죠. 자자, 다들 나가라. 나으리하고 중요한 얘기를 할 터이니."

사내는 옷을 꿰어 입으며 여인들을 손으로 쫓아냈다. 여기저기 흩어진 옷가지를 겨우 주워 걸친 여인들은 후다닥 밖으로 나갔다.

무사는 사내의 행태에 눈살을 찌푸리면서도 아무 말도 하지 않았다.

하오문 섬서지부의 지부장에게 그런 정파다움을 기대할 수는 없으니까.

"자, 그래서 남궁장인가에 대한 정보를 요구하셨지요?"

"그렇다."

무사는 사내의 앞에 앉아 퉁명스럽게 답했다.

"제가 알기로 나으리께서는 상당한 문파에 속해 있으신데, 친한 개방을 두고 어찌 이 먼 섬서까지 발걸음하셨습니까?"

지부장은 무사를 떠보려는 듯 눈을 홉뜨며 물었다. 무사는 개방만 생각하면 짜증이 난다는 듯 인상을 찌푸렸다.

"개방 그 거지 놈들은 달리 정보가 없으니 돌아가라고 사람을 그렇게 냉대하더군. 나 참, 그곳 소가주가 개방 장로와 친해서 그렇다는 걸 누가 모를까. 자네는 어떻게 생각하나. 정보 문파가 특정 한 문파와 친하게 지내서 편의를 봐주는 게 옳다고 생각하나?"

"아이구, 너무 그러지 마십쇼 손님. 개방은 그래도 정파가 아닙니까. 그러니 의리를 지킬 수밖에요. 그런 점에서 저희 하오문을 방문하신 건 아주 현명하신 선택입니다. 저희는 남궁장인가와 지켜야 할 의리나 도리 따위는 없으니까요."

섬서 지부장이 콧방귀를 뀌며 답했다.

그 말은 진짜였다. 사실 남궁장인가가 성장할 때, 섬서 지부장은 남궁장인가가 하오문에 손을 뻗어 주지 않을까 나름 기대를 했다.

바로 눈앞에 있는 화산은 너무 세력이 크고 도인들이라 도도하기 짝이 없어서 하오문과는 상종도 하지 않으려고 했다.

때문에 다른 지역에서는 번듯한 주루에 본거지를 두고 있는 하오문이 이 섬서에서는 사창가에 자리를 잡은 것이다.

그렇기에 적당히 손잡을 만한 중소문파가 반드시 필요했다. 공생관계를 이루려는 것이다.

그런데 웬걸. 다른 방계처럼 별 관심을 주지 않을 줄 알았던 남궁세가가 남궁장인가와 긴밀한 교류를 맺고, 개방의 장로는 남궁장인가를 수시로 들락날락거리질 않는가.

그 작은 중소세가에 대체 무슨 볼일이 있다고.

섬서 지부장은 그때부터 남궁장인가를 주시하기 시작했다.

하오문의 사람들을 하인으로 위장시켜 남궁장인가에 잠입시키기도 했다.

다른 문파들이 남궁장인가가 다 성장한 후에 접근한 것과는 반대였다.

지남단인지 뭔지 때문에 가끔 정보원이 제거될 때가 있긴 했지만, 덕분에 남궁장인가에 대한 정보는 그 어느 곳보다 질과 양에서 탁월하다고 자부할 수 있었다.

"어디 그 말만큼 쓸 만한 정보가 있는가 들어보지."

"그 전에 값을 치르셔야 합니다요."

"얼만가?"

"남궁장인가에 대한 정보는 특급입죠."

"특급?"

무사의 인상이 눈에 띄게 찌푸려졌다.

특급이라니. 만들어진 지 이제 겨우 오 년 정도인 문파에 대한 정보가 특급이란 말인가?

"특급이라면 구파일방이나 오대세가에 준하는 수준이 아닌가?"

"요새의 남궁장인가는 웬만한 중견문파도 아래로 볼 수

준이니까 말입니다요. 앞으로 십 년이면 구파일방 중 하나
는 남궁장인가에 자리를 내줘야 할 겁니다. 그러려면 쓸 만
한 독문 무공 정도는 있어야겠지만, 무공 외적으로 특이점
이 있으니 더 쳐주는 게 있습죠. 어쨌든 이 정도 성장세라
면 특급 정도는 받아야지요. 또 요새 남궁장인가에 대한 정
보를 찾는 손님이 워낙 많으셔서."

그 말을 들은 무사가 품 안에 손을 넣어 뭔가를 꺼내 던
졌다.

지부장의 손 안에 툭 떨어진 그것들은 손가락 한 마디만
한 금편 두 개였다.

"아이구, 특급 정보는 금편 하나면 충분한뎁쇼."

"입막음 대가다. 우리 이후로 더 이상 남궁장인가에 대한
정보를 팔지 마라."

"흐음─, 좋습니다요. 어떤 것부터 듣고 싶으십니까?"

"우선 남궁장인가의 규모부터."

"규모라, 규모라─"

지부장은 벌떡 일어나 엉망진창으로 쌓여 있는 잡동사니
를 뒤적거리더니, 어느 한구석에서 서류 하나를 꺼내 들었
다.

"이건 그 세가 미모의 총관이 직접 작성한 서류랍니다.
그 여인의 글씨는 참으로 고와서 이것만으로도 참 소장 가

치가 있는 물건입죠."

"쓸데없는 소리는 됐다."

"성격도 급하셔라. 이 보고서에 따르면 남궁장인가의 현재 소속 무인은 천칠백 여명. 거의 웬만한 대문파에 맞먹는 수준입니다요. 물론 숫자만 비슷하지 전력 자체가 그렇게 높은 건 아닙죠."

"그렇군."

"다들 아시다시피 실질적인 수장인 기린지장 남궁혁은 화경이고, 무력부대의 대주 두 명이 무슨 수를 썼는지 최근에 초절정에 달했답니다. 분명 아직도 갈 길이 먼 친구들이라 들었는데 말이지요. 나머지 여덟 명의 대주들은 전부 기린대 출신으로, 그들 또한 최근에 일류의 실력에서 절정으로 갑자기 실력이 상승해 각기 대주로 차출된 경우입니다. 그 밑으로 일류 무인이 백여 명, 나머지는 이삼류로 분류되었군요."

"……그게 전부인가? 아무리 찾는 이가 많다지만 특급으로 분류될 정보는 아닌 듯싶은데."

"진미는 제일 마지막에 맛보는 법입죠."

지부장은 그렇게 말하며 다음 장을 넘겼다.

"작년에 남궁장인가가 발견한 광맥이 여럿 있습니다. 비밀리에 광산을 소유하는 거야 그 정도 규모의 문파에서는 큰일이 아니지만, 그 광산 중 하나에서 아주 특이한 것이 나왔지요."

"특이한 것?"

"남궁장인가에선 그걸 기린금이라 부르더군요. 대체 어떤 특성을 지니는지, 아직 그것까지는 캐내지 못했습니다만, 그걸로 갑옷을 만들었답니다."

"갑옷이라고?"

무사의 얼굴이 기묘하게 일그러졌다. 갑옷이라니. 이게 웬 뚱딴지같은 소린가.

"아직 이삼류 무사들에게는 지급이 안 됐지만 일류 무사들까지는 전부 지급된 갑옷을 입고 훈련에 임하고 있습니다요. 그치들도 다 똑같은 무림인인데 별 거부감 없이 갑옷을 차려입고 수련에 임한다는 건 뭔가 비밀이 있긴 있다는 뜻인데 입수가 쉽지 않구만요. 그 비밀까지 알아냈다면 아마 초특급으로 분류됐을 겁니다."

"그렇군……."

"다만 흥미로운 점 하나는 알아냈습니다."

"뭔가?"

"우리 정보원이 대련 장면 하나를 훔쳐보았는데, 분명 일류라고 알려져 있는 무사가 갑옷을 입은 이류 무사에게 밀려 패했다는 거 아니겠습니까."

"그건 가능한 이야기네. 일류와 이류의 차이는 약간의 변수로 극복할 수 있지."

"끝까지 얘기를 들어 보십쇼. 그 일류 무사는 곧 절정으로 돌입할 것이 점쳐지는, 검에 검기 비슷한 것을 잠깐이나마 두를 수 있는 자입니다."

무사의 안색이 살짝 변했다. 아무리 실력 차이라는 것이 갖가지 이유로 뛰어넘을 수 있는 것이라고는 하나, 검기가 등장하면 얘기가 달라진다. 아무리 잠깐이라고는 하나 검기를 운용할 수 있는 상대가 이류 무사에게 졌다니?

"제가 생각하기엔 그 갑주에 비밀이 있지 않나 싶습니다. 열심히 캐 보고는 있는데, 그 갑주는 오로지 남궁장인가 소가주가 혼자 쓰는 대장간에서만 만들어져서 말입죠. 정보원 중에 화경인 고수의 눈을 피할 수 있는 자도 없고, 거기 들락거릴 수 있는 건 오로지 그 자의 손발인 기린대와 제자 두 명뿐입니다."

"그렇다면 어쩔 수 없지."

무사가 입맛을 다셨다. 그가 받은 임무는 남궁장인가의 모든 것에 대해 속속들이 알아 오는 것.

금편 두 개를 내놓았는데도 전부를 알지 못했다는 것이 좀 찝찝하긴 했다.

하지만 개방에서 얻을 수 없는 정보인 만큼 하오문에서

이정도 소득을 얻었다는 거에 만족하는 수밖에 없었다.

이어서 지점장은 몇 개의 서류를 새로 꺼내어 무사에게 건네주었다.

그래도 이 정도면 문파에 면이 서겠지 싶었던 무사가 어서 서류를 챙겨 허름한 집을 떠났다.

"아이구야, 오늘도 한 건 끝냈구먼. 요새 남궁장인가 정보로 장사가 아주 잘된단 말이지."

지점장은 뻐근한 어깨를 툭툭 두드려가며 혼잣말을 중얼거렸다.

수요가 많아서 특급으로 분류된다는 말은 거짓이 아니었다.

벌써 열 곳의 문파와 세가가 다녀갔다.

남궁장인가의 본가인 남궁세가, 친분이 깊은 개방, 제갈화영을 남궁장인가로 보냈고 또 남궁혁의 제자와 혼담이 오가고 있는 제갈세가. 이 세 곳을 제외하면 사실상 구파일방과 오대세가 대부분이 다녀간 것이다. 물론 망해 버린 모용세가를 제외하면 말이다.

사실상 아까 그치가 마지막으로 정보를 받아간 것이나 마찬가지라, 더 이상 정보를 안 팔겠다고 확언을 하고 금편 두 개를 받아도 거리낄 것이 없었다.

"그나저나 이 정도로 경계 대상이 되면 슬슬 대문파에서 제재가 들어가겠는걸."

그건 지점장 쪽에서도 환영하는 바였다. 경계 대상이 될수록 하오문이 팔아먹을 수 있는 정보의 값은 높아질 테니까.

지점장은 룰루랄라 콧노래를 부르며, 다음 달에 얼마나 더 많은 정보원을 투입시켜야 하나 고민하기 시작했다.

*　　　*　　　*

중원 각지의 문파들이 급격하게 성장하고 있는 남궁장인가로 관심을 모으고 있는 동안, 남궁장인가 사람들은 그것도 성에 안 찬다는 듯 더욱더 세를 불리기 위한 회의를 진행하고 있었다.

회의실에는 남궁혁과 민도영, 그리고 제갈화영 세 사람이 있었다. 그중 제갈화영이 이번에 있었던 갑주의 시험 결과에 대해 말하고 있었다.

"이번 대련의 결과, 세 명의 대주가 양 대주를 이기는 데 성공했습니다."

"어쩐지 양 대주 얼굴이 안 좋다 싶더니, 그런 거였어요?"

제갈화영의 보고를 듣던 남궁혁이 피식 웃었다.

요새 남궁혁은 개개인의 수련 지도 및 부족한 갑주의 제작, 거기에 더불어 세가 전 무사에게 보급할 상등품의 무기를 만드느라 여념이 없었다.

　때문에 갑주의 성능을 시험해 보는 등의 일은 세가의 군사가 된 제갈화영에게 일임하고 있었다.

　남궁혁이 웃으며 듣고 있었지만 결코 간과할 만한 일은 아니었다.

　세 명의 대주, 즉 기린대에서 여일혼원신공을 통해 단기간에 절정으로 올라가 각 부대의 대주로 차출됐던 이들이, 초절정의 경지를 이룩한 기린대주 양명을 이긴 것이다.

　절정 무인 다섯 명이 덤벼들어도 상대가 될까 말까 한 초절정 무인을 고작 세 명이 이겼다는 건 정말 엄청난 성과였다.

　남궁혁이 기린금을 섞은 합금으로 만든 갑주, 기린갑의 효능이 제대로 입증된 결과였다.

　"기린금의 산출량이 생각보다 적어 갑옷 생산이 느려지고 있긴 하지만, 앞으로 반년이면 세가의 무사 전원에게 기린갑 지급이 가능해지겠죠? 그렇다면 충분히 구파일방과 사대세가와 견줄 수 있게 될 거랍니다."

　제갈화영은 다소 흥분한 것 같은 말투로 말을 맺었다.

　군사로서 자신이 가진 패가 갑자기 상향되는 상황에서

흥분되지 않을 수 없으니까.

"그러면 이제 민 총관께서 말씀하시죠."

"예, 수고하셨습니다."

민도영이 제갈화영을 향해 가볍게 고개를 숙이고, 자신이 가져온 몇 장의 보고서를 남궁혁 앞에 내밀었다.

"현재 남궁장인가의 땅에서 소작을 짓고 있는 소작농의 숫자는 약 삼천 여 명. 이들이 소작을 짓는 밭에서 매년 사만 석가량이 소작료로 들어오고 있습니다. 현재 세가의 수입 중 삼분지 일 정도를 차지합니다."

"그렇군요. 장인부는 어때요?"

"여전히 상승세를 이어 나가고 있습니다. 세가 주변 장인들이 중하급품의 수주를 전담하고, 세가에서는 상등품 이상의 주문만 받는 전략이 유효했습니다. 아시다시피 중하급품 이하는 공급처가 많고, 상등품 이상의 공급처는 찾기 어려운 것이 중원 무림의 현실이니까요. 상등품만 납품하다 보니 장인분들의 노동 강도도 덜해지고, 수입은 지난 해 대비약 두 배를 상회하고 있습니다. 새로 세가에 들어온 장인분들의 품질이 아직 들쭉날쭉한 면이 있지만 가주께서 친히 지도하고 계시니 이는 곧 바로잡힐 것 같습니다."

"아버지가 직접 지도하신다면 걱정할 거 없죠. 의방 쪽은요?"

일 년 반 전 천화신의 천유가 합류한 남궁장인가의 의방.

남궁혁은 일부러 의방 쪽에 관심을 크게 두지 않고 있었다.

먼저 구한 의원들이 이미 의방을 꾸리고 자체적으로 운영 중인데 갑자기 나타난 천유가 잘 스며들 수 있을까 좀 걱정이 되긴 했다.

남궁혁이 직접 가서 소개를 시키고 천유를 그들의 장으로 존중해 주는 모습을 보인다면야 훨씬 쉽겠지만, 그 정도도 스스로 못해서야 앞으로 어떻게 의방을 꾸려 가겠는가 하는 생각 때문이었다.

물론 그 괴팍한 성격이 좀 걱정이긴 했지만, 의방 하나에 많은 신경을 쓸 만큼 남궁혁의 하루하루가 그렇게 녹록지는 않았다.

"처음에 반 년 정도는 천유 의원과 기존 의원들 간에 갈등이 있긴 했습니다만, 이제는 천유 의원도 포기한 모양입니다."

"그게 무슨 소리예요? 천유 의원이 포기하다니?"

민도영과 제갈화영이 서로를 보며 난감한 웃음을 지어 보였다. 제갈화영이 남궁혁의 말에 답했다.

"천화신의가 원래 운영하던 천화의원은 모든 의원들이 빼어난 미색인 것으로 유명했답니다. 하지만 저희 의방 사람들이 그 정도는 아니라서……."

제갈화영이 말끝을 흐렸다. 대충 어떻게 된 일인지 파악이 됐다.

남궁혁과 십 년 종신 계약을 맺기는 했지만, 의방 사람들의 미모가 마음에 안 들어서 패악을 부렸던 모양이다.

"그래서 어떻게 됐는데요?"

"한참 그러다가 소가주께서 의방에 잠시 들르셨을 적에, 의원들과 사이좋게 잘 지내라고 말씀하신 적이 있잖아요? 그때 이후로 신기하게도 천화신의가 투덜거리는 일이 적어졌다더라구요."

제갈화영은 재밌다는 듯 까르르 웃었다. 민도영도 그 얘기가 재밌는지 살포시 웃고는 말을 이어 나갔다.

"지금은 천화신의와 다른 의원들의 사이가 그리 나쁘지는 않습니다. 천화신의가 의원들에게 마음을 열자, 그의 실력을 배우고 싶어 하는 의원들이 먼저 다가간 모양입니다."

"잘 됐네요. 아무리 신의라도 다른 사람들하고 협조가 안 되면 일이 안 되니까요."

"현재 의방은 신의를 포함하여 서른 명의 의원과 오십 명의 하인이 상주해 있습니다. 처음에는 섬서 주변의 환자들만 오는 정도였는데, 요새는 꽤 먼 지역에서도 천화신의의 명성을 듣고 찾아온다고 합니다. 안 그래도 어제 의방에서 건물을 하나 더 올려 달라고 요청이 왔습니다. 입원 환자가 많다더군요. 수익은 아직 눈에 띌 정도는 아니나, 세가 무사들의 부상 치료 및 복귀가 빨라지는 것으로 봐선 충분히 유의미한 성과를 거두고 있는 듯합니다."

"좋아요. 애초에 의방을 확충한 건 우리 세가 사람들을 위해서가 첫 번째였으니까. 그나저나……."

민도영과 제갈화영이 동시에 남궁혁을 바라보았다.

잠시 말을 끊고 감상에 빠져 있던 남궁혁이 입을 열었다.

"우리가 정말 엄청나게 거대한 세력이 되었군요. 모두 수고하셨습니다."

처음 민도영과 함께 남궁장인가라는 세가를 세울 때만 해도 이렇게 단기간에 성장할 수 있을 거라고는 생각을 못 했는데. 정말 자신의 사람들이 만들어 낸 이 결과물이 남궁혁은 쉽게 믿어지지 않았다.

"마음 놓지 마셔요, 소가주. 이제 슬슬 다음 계획에 돌입할 때랍니다."

"다음 계획이요?"

"지금쯤이면 슬슬 다른 구파일방과 사대세가도 남궁장인가를 본격적으로 견제할 생각을 하고 있을 거예요. 그렇죠, 민 총관?"

"맞습니다. 지난번 지남단주와 확인해 본 바로는 최근 세가에 잠입한 다른 문파들의 간자가 최소 스물다섯. 저희가 지켜보고 있는 하오문의 정보원들보다 세 배나 많습니다."

"민 총관께서는 그동안 하오문의 정보원을 보고도 그냥 두셨더라구요. 현명한 선택이어요. 너무 꽁꽁 감추기만 하면 오히려 상대의 두려움을 자극할 뿐이니까요. 적당히 알려 줄 건 알려 주고, 진짜 비밀은 감추는 것이 좋지요. 물론 뭔가가 있긴 있다는 일말의 비밀은 은근히 흘려주고요. 이번에 갑자기 간자들이 늘어난 건 기린갑에 대해 슬그머니 흘린 덕인 것 같더라고요."

제갈화영이 흐뭇한 미소를 지었다. 사실 하오문이 그동안 별다른 제재 없이 남궁장인가에 대한 정보를 수집할 수 있었던 건 다 민도영이 이를 관리하고 있었기 때문이었다.

그동안은 다른 문파들의 견제를 피하기 위해 정보원들이 접하는 자료에는 세가의 규모를 보다 적게 기재했다.

하오문 섬서 지부장이 갖고 있는 민도영의 보고서 또한 가짜.

세가의 일에는 정직하고 엄격하지만, 적을 대할 때는 이런 술수에 망설임이 없는 민도영이었다.

섬서 지부장은 자신이 민도영의 손에 놀아나는 줄도 모르고 정보를 넙죽넙죽 받아먹고 있었다.

말하자면 민도영이 원하는 대로 남궁장인가의 모습을 세

간에 알려 줄 통로라고나 할까.

물론 하오문이 의심하지 않을 정도로 적당히 정보원을 제거하기도 했고, 오히려 우리 편으로 회유해 이중 정보원을 만들기도 했다.

그리고 이번에 제갈화영이, 더 이상 규모를 숨기는 것은 좋지 않다는 판단을 내려 대대적으로 규모의 재편성에 대한 정보를 흘려보냈다.

그 결과물이 이 많은 외부의 정보원들인 것이다.

이미 정보원들이 들어오는 것에 대해서는 제갈화영이 예상을 했기 때문에, 지남단이 철저한 조사를 통해 정체를 다 밝혀낸 상태였다.

"흠, 그래서 다음 계획이란 그들을 전부 제거한다는 건가요?"

"설마요. 간자라는 건 몸집이 큰 세력을 움직일 때 늘 달고 다녀야 하는 필요악적인 존재랍니다. 전혀 정보가 제공되지 않으면 다른 문파들은 남궁장인가를 제거하려고 들 테니까요. 물론 남궁세가의 존재도 있고 하니 그리 쉽지는 않겠지만. 어쨌든, 제가 말씀드리려던 건 그런 게 아니랍니다."

제갈화영이 고개를 젓고는 한 장의 지도를 품 안에서 꺼내 놓았다.

남궁혁에게도 익숙한 지도였다. 바로 이 섬서 북쪽 일대의 지도였으니까.

물론 다른 점도 있었다. 평소에 남궁혁과 민도영이 보던 지도는 딱 섬서 북쪽까지만 그려져 있었는데, 지금 제갈화영이 꺼낸 지도는 섬서 중부, 낙천(洛川)지역까지 표시되어 있었다.

"저희가 이번에 흘린 정보 때문에 다른 문파들은 본격적으로 남궁장인가를 견제할 거랍니다. 이 때 움츠러들어서는 아니 되어요. 지금 더욱더 공격적으로 세력을 확장해야 합니다. 지금부터는 멈추는 순간이 곧 세력의 한계선이 될 테니까요."

"그렇죠. 아직 다른 문파들이 우리를 지켜보고 있을 때 나아가야 하니까. 뭔가 방도가 있나요?"

"여기 이 부분 말이어요."

제갈화영의 가느다란 손가락이 낙천 지역을 가리켰다.

"현재 남궁장인가의 세력권에는 흑도 세력이 거의 전무하다시피 하답니다. 웬만한 분쟁은 세가의 무사들이 나서서 공정하게 처리하니까 관리들도 함부로 부정부패를 저지를 수 없지요. 이 지역에서는 관의 힘보다 세가의 힘이 더욱 막강하니까요. 하지만 이곳은 아니어요. 섬서 남쪽에서는 화산의 영역에서 밀려나고, 북쪽에서는 남궁장인가의 영역에서 밀려난 이들이 모두 이 낙천 지역에 몰려 있사와요. 때문에 최근 이 낙천 부근의 민심이 상당히 흉흉하다고 들었답니다."

"물론 문제도 있습니다, 소가주. 낙천은 소화산(小華山)과 가깝습니다."

두 여인은 이미 이 화제에 대해 서로 의논을 끝낸 듯 서로 주거니 받거니 하며 남궁혁에게 논점을 정리해 주었다.

말하자면 제갈화영이 주장하는 바는 이랬다.

남궁장인가는 기존의 흑도들 또한 민간의 일부이니, 크게 민생을 해치지 않는 범위에서는 건드리지 않는다는 원칙이 있었다.

하지만 낙천 부근의 이들은 도가 지나쳤다. 민생이 고통받고 도탄에 빠져 있었다. 민도영이 건네는 자료를 보는 남궁혁의 안색이 급격하게 어두워질 정도였다.

부패한 관리들. 서민의 고혈을 빨아먹는 모리배들. 동네 왈패들 수준의 작은 조직에서부터 각종 흑도 방파와 산적들까지. 이 정도면 남궁장인가가 그들을 척결하며 세력 확장에 나서도 충분한 명분이 될 수 있었다.

문제는 이 지역이 소화산과 가깝다는 점.

화산파가 주요 근거지로 삼는 화산과는 거리가 멀지만, 소화산은 화산의 어린 제자들이 수련을 하거나 화산의 사적이 있는 등 화산의 주요 세력권 중 하나였다.

남궁장인가가 낙천에 발을 딛는 순간, 화산파와 정면으로 마주 보게 되는 것이다.

"그러면 왜 화산은 놈들을 가만히 두는 겁니까?"

남궁혁은 의아해했다. 소화산과 가깝다면 그곳은 엄연히 화산의 영역권이다. 그런데 정파의 거두인 화산에서 그런 놈들이 활개 치는 걸 가만히 두다니?

"그게 바로 중요한 부분이랍니다, 소가주."

그 질문이 나올 줄 알았다는 듯 제갈화영이 미소 지었다.

"중소문파와 달리 대문파는 세력 확장에 적극적이지 않아요. 오히려 소극적이라고 볼 수도 있지요. 직접적인 세력권이 커질수록 개입해야 하는 사안도 많아지니까요. 대문파라고 해서 인력이 무한한 것은 아니니 하나하나 다 관리할 수는 없어요. 자칫하다 가는 관리 인력이 부족해져 주요 세력권에 대한 관리가 소홀해지는 현상이 일어나지요. 게다가 세가들은 그런 사안에 개입하여 영향력을 떨치는 걸 선호하지만, 화산과 같은 도가는 좀 예외라서요. 그들은 직접적인 세력권보다는 되레 화산속가제자들의 표국이나 상단, 중소문파를 통해 간접적으로 세력을 떨치곤 해요."

"하지만 화산파의 속가제자들은 주로 화산의 비호를 받을 수 있는 서안 주변에 분포해 있고, 상단이나 표국도 번

화한 무한이나 항주로 향하는 것이 대부분이기 때문에 이쪽 북부로는 잘 오지 않습니다."

"그래서 결국 낙천이 무주공산이 되었다, 이 말이군요?"

남궁혁이 간략하게 정리하자 두 여인이 동시에 고개를 끄덕였다.

"그런 이유라면 우리가 낙천까지 진출해도 괜찮겠네요. 흑도들을 정리하고 그들의 이권을 회수하면 그것만으로도 자금과 세력권을 확보할 수 있겠어요."

"그래도 조심히 접근할 필요성은 있사와요. 다른 중견문 파라면 모르겠지만, 남궁장인가는 남궁세가와 깊은 교분이 있으니까요. 지금도 화산에서는 우리 세가를 통해 남궁세가가 섬서 세력을 확보하려는 것은 아닐까 우려하고 있을 거랍니다."

"그치만 뭔가 좋은 계책이 있을 거잖아요?"

남궁혁의 말에 민도영이 기다렸다는 듯 옆에 두었던 새로운 보고서를 남궁혁에게 건넸다. 하여간 죽이 착착 맞는 세 사람이었다.

"세가의 새로운 사업으로 표국을 운영할 생각입니다. 세가에서 제작한 무기들을 다른 표국에 맡기는 지출도 상당히 크고, 세가 주변 장인들의 물량도 수리할 수 있어 이익이 날 것 같습니다."

"표국이라……."

남궁혁은 표국이라는 말을 듣자마자 뭔가 생각나는 게 있는 듯 턱을 괴고 중얼거렸다.

"섬서 북쪽에 위치한 우리 세가는 표국을 운영하려면 반드시 서안 부근을 지나야 하죠. 대부분의 목적지가 우리보다 남쪽에 있으니까요. 우리 표국이 낙천 지역을 지나가면서 해를 입으면, 그것을 명분으로 낙천 지역을 정리하겠다는 복안인가요?"

"정확하십니다, 소가주. 다양한 이권 사업 중에서도 표국 사업을 선택한 이유가 바로 그것입니다."

"표국을 운영하게 되면 중간중간에 우리가 관리하는 객잔을 운영할 수도 있게 되지요. 그 객잔마다 우리 무사를 배치할 수도 있고요. 또한 표국을 운영하면 한 가지 장점이 더 있답니다. 표국에는 반드시 무사들이 따라다녀야 하는 법. 그러므로 세력 확장에 대한 명분도 생기게 된답니다."

그야말로 이중 삼중으로 뒷받침된 새 사업의 명분에 남궁혁은 고개를 끄덕였다.

"좋아요. 그렇게 진행해 주세요."

"감사합니다, 소가주."

"알겠사와요, 소가주."

　　　　　*　　　*　　　*

　한 달 후.

　남궁혁의 별호를 따 기린표국이라는 이름을 건 표국이
첫 표물을 운송하기 시작했다.

　첫 표행에 참가하게 된 기린대주 양명 이하 기린대원 열
명은 별달리 긴장한 기색이 없었다.

　애초에 표행은 각종 일로 벌어먹고 살던 그들에게는 아
주 익숙한 일이었으니까.

　양명 또한 한때 표국에서 일했던 만큼 표행은 시작부터
착착 순조롭게 진행이 되었다.

　첫 표행인 만큼 최고의 실력자를 붙여야 한다는 제갈화
영의 의도가 이상한 방향으로 적중한 셈이었다.

　삼 일째까지는 별다른 일이 없었다. 거기까진 남궁장인
가의 세력권이었으니까.

　되레 지나가는 마을마다 남궁장인가의 표식을 알아본 이
들이 먹을 것이며 잠자리를 제공하는 바람에 아주 편안하기
그지없었다.

　그리고 표행을 떠난 지 넷째 날.

　표물은 낙천성에 들어섰다.

　"이 도시는 여전하군."

양명은 표물의 가장 앞에서 말을 끌며 중얼거렸다.

서안과 그리 멀지 않은 데다가 산맥 사이사이에 있는 분지라 태생적으로 발전의 여지가 있는 도시지만, 번화가에는 사람이 적었고 분위기도 활기차지 못했다.

처음 방문하는 사람이 봐도 이 도시에 활력이 부족하다는 것은 눈치챌 수 있으리라.

지나치는 사람들도 서로 눈을 마주치지 않고 안색은 어둡기 짝이 없었다.

민생이 고통 받고 있다는 민도영의 조사가 정확히 들어맞는다는 뜻이었다.

"대주. 슬슬 해가 져 가니 오늘은 여기서 머물고 가는 게 좋겠습니다."

"그렇겠군. 동쪽에 적당한 규모의 객잔이 있으니 그쪽으로 가지."

일전에 왔던 기억을 떠올린 양명은 곧바로 말머리를 틀었다.

이번 표행에서 그들에게 주어진 임무는 딱히 없었다.

기린 표국을 꾸린 궁극적인 목적 중 하나가 낙천 부근을 남궁장인가의 세력권에 흡수하는 것임을 양명도 알고 있었지만, 남궁혁은 그들에게 자율권을 주었다.

고통받는 이가 있으면 도움을 주고, 적당한 명분이 있다면 악인을 처단하라는.

물론 흑도 세력이 먼저 시비를 걸어 오고, 남궁장인가가 이를 적당히 해결하는 것으로 이 지역의 세력권 분쟁에 발을 내딛는 것이 가장 좋다는 제갈화영의 조언도 들었다.

물론 그렇게 되기까지 한 번의 표행으로는 어려울 테고, 표행이 잦아지면 분명 마찰이 생길 테니 그때를 노리자는 계획이었다.

양명이 남궁혁의 명을 곱씹는 사이 표행은 객잔 앞에 도착했다.

미주객잔. 이름 그대로 끝내주는 명주를 파는 곳이라 주변에서는 유명한 객잔이었다.

이 지역의 부호가 직접 운영하는 곳이라 그 규모도 몇 백명을 수용할 수 있을 정도로 컸고, 또한 그만큼 이용료도 비쌌다.

양명이 예전에 삼류 표국에 있을 때는 꿈도 못 꿔 본 곳이지만 지금은 전체를 세놓을 수 있을 정도로 경비도 넉넉하게 받아 온 상태였다.

"어서 오십쇼—!"

객잔 앞으로 다가가자 멀리서 이들 일행을 지켜보고 있던 점주가 직접 달려와 꾸벅 허리를 숙였다.

"말 열 마리와 손님 서른 분, 짐마차는 세 대군요. 방은 어떻게 필요하신가요?"

빠르게 표행의 규모를 파악한 점주의 눈이 반짝반짝 빛
났다.

처음 보는 표국이었지만 이 노련한 점주의 눈을 피할 순
없었다.

무사들이 입은 옷은 비단은 아니었지만 부드러운 고급
면사로 지은 무복이었고, 검청색 비단실로 은은하게 수가
놓여 있었다.

거기에 그들이 차고 있는 무기들은 검갑만 봐도 매끈한
고급품이 틀림없으니, 이들은 그야말로 대박 손님이었다.
점주가 직접 발 벗고 뛰어나올 만 한 손님이랄까.

전 주인이 있을 때처럼 미주객잔의 술과 음식이 대단치
않아 손님이 대폭 줄어들은 요즘 같을 때는 더욱 그랬다.

"두 명씩 방을 열다섯 개 쓰겠네. 방이 있나?"

점주의 예감은 적중했다. 표행이 이인실을 쓰는 경우는
그 표행의 우두머리 정도인데, 무려 표사 전원이 이인실을
쓰다니!

"그럼요! 없으면 점주인 제가 만들어서라도 방을 내드
리지요! 어서 들어오십시―"

"……!"

순간 점주가 움찔하며 눈을 질끈 감았다.

분명 말 위에 있던 양명의 신형이 갑자기 자신의 옆으로 다가와 주먹을 날리는 것이다.

　내가 뭔가 잘못했나?! 싶은 생각이 점주의 머릿속으로 빠르게 스쳐 지나갔다.

　무림인들이란 사소한 것에도 기분이 상했다며 객잔을 온통 뒤집어 두곤 하니까.

　하지만 예상했던 주먹질은 없었다. 양명의 솥뚜껑만 한 주먹은 점주의 얼굴 옆에 멈춰 있었다.

　"이게 무슨 짓이냐."

　양명이 낮게 으르렁거리며 손을 펴자 부서진 돌가루가 후두둑 떨어져 내렸다.

　누군가 점주에게 돌을 던진 모양이었다. 양명의 손에서 떨어지는 양으로 봐서는 그 돌의 크기가 상당했다.

　양명의 매서운 시선이 돌을 던진 사람에게 향하다가, 점점 고개가 아래로 내려갔다.

　돌을 던진 이가 너무나 작았기 때문이다.

　"거기 가지 마!"

　양명이 혀를 찼다. 양명의 허리에도 닿지 않을 자그마한 여자애가 소리를 지르며 거듭 돌을 던졌다.

　"들어가지 마!"

　"저 계집애가 또!"

점주는 하루 이틀 일이 아닌 듯 분을 터트리며 여자애를 잡기 위해 뛰어갔다.

하지만 여자애도 보통 날랜 것이 아닌 듯, 이리저리 도망치며 점주에게 돌을 던져 댔다.

"거참……."

양명이 혀를 차는 이유는 여자애의 돌팔매질 때문이었다.

그냥 장난으로 던지는 돌이 아니다. 위협도 아니다. 마구잡이로 던져지는 돌에는 상대에 대한 살의가 담겨 있었다.

고작해야 열 살도 안 되어 보이는 저 어린 것이 저만한 살기를 담다니. 무슨 사연이라도 있는 것인지.

"아이구, 아린아!"

때마침 아이의 아버지로 보이는 중년의 사내가 저쪽에서 다리를 절뚝이며 뛰어왔다.

"아부지!"

아린이라 불린 아이는 점주의 손에 잡힐 뻔했다가 아버지라 부른 이에게로 쪼르르 달려가 그 뒤에 숨었다.

"아이구, 죄송합니다. 이 아이가 아직 어려서 그런 것이니 이해해 주십시오."

"나참, 저 계집애가 이러는 게 하루 이틀이야? 그렇게 자식 간수가 안 되나?"

점주는 사내에게 한참이나 막말을 퍼부었다. 다리를 저는 데다가 차림새도 허름하니 예의를 차리지 않고 막 대하는 모양이었다.

"대체 무슨 사연인가."

양명이 끼어들었다. 아무래도 저 어린아이의 살기가 영 마음에 걸렸다.

"우리 언니 잡아갔어!"

"저 계집이 또! 무사님, 저년 말 들을 필요 없습니다. 신경 쓰지 말고 어서 들어가시지요."

"아니, 나는 이 아이의 말을 듣고 싶다. 그래, 아린아. 이 아저씨에게 얘기해 보련?"

양명이 몸을 낮추고 부드러운 미소를 지으며 아이에게 말을 건넸다.

기린대 대부분은 남궁혁의 제자인 진하와 오래 알고 지내 왔기 때문에 어린 여자아이를 다루는 데 익숙했다. 또 진하가 워낙 사근사근하고 귀여웠기 때문에 다들 아이를 좋아하기도 했다.

"저 객잔 할아버지가…… 우리 언니를 잡아갔어요. 언니가 한 달이나 집에 오지 않아요…… 흑……."

양명이 진지하게 얘기를 들어 주니 갑자기 설움이 북받쳤는지 아린은 눈물을 흘리며 얘기했다.

아무래도 부패한 도시에서 흔하게 벌어지는 일이 이 아
린이라는 아이의 집에도 일어난 모양이었다.

저 아이의 언니래 봤자 기껏해야 열둘에서 열다섯 사이
일 테다.

돈깨나 있는 부호가 정기를 취한다며 어린 계집아이를
첩으로 데려가는 일은 그리 드문 일이 아니었다.

그렇다면 보통 그 책임은 부호뿐 아니라 돈푼에 딸을 팔
아먹은 아비에게도 있는 법인데…….

양명이 힐끗 보자 아린의 아버지는 죄책감 어린 얼굴로
고개를 푹 수그렸다. 하지만 그 선한 인상으로 보아 딸을
돈 몇 푼에 팔아넘길 것 같지는 않았다.

양명은 몸을 일으켜 불안한 얼굴로 자신을 보고 있는 점
주를 바라보았다.

"자네는 일단 들어가서 다른 손님들을 보게."

"안 들어오실 생각이십니까? 바로 코앞인데…… 다른 객
잔들은 한참을 가야 합니다요."

점주가 굽실거렸지만 양명이 단호하게 고개를 저었다.

"찜찜해서 잠자리가 뒤숭숭할 것 같군. 미주객잔에 가더
라도 무슨 일인지 확실히 전후사정을 알아야 할 것 같네.
다들 괜찮겠나?"

양명이 기린대원 및 표사들의 의견을 물었다. 물론 반대

하는 사람들은 없었다. 그들도 자신들의 표행이 어떤 숨은 목적을 띠고 있는지 잘 알고 있었다.

"저희는 괜찮습니다."

"다른 객잔으로 가는 데 하루가 걸리겠습니까, 이틀이 걸리겠습니까. 아무 상관없습니다."

다른 표사들마저 그렇게 말하자 점주는 소태 씹은 얼굴을 하고는 다시 객잔 안으로 들어갔다.

그가 들어가자 양명은 아린을 뒤에 감추고서 불안한 얼굴로 자신을 보는 아린의 아버지에게 말했다.

"어르신. 이 아이가 무슨 말을 하는지 우리에게 자세히 설명해 줄 수 있겠습니까?"

아린의 아버지는 우물쭈물하며 객잔 쪽을 흘깃 바라보았다.

객잔의 입구에선 아까의 그 점주가 들어가지 않고 계속 이쪽을 바라보고 있었다. 그러다가 양명이 눈을 흘기자 후다닥 안으로 들어갔다. 하지만 계속 목을 빼꼼 내밀고는 이쪽을 주시했다.

"여기서는 안 되겠군."

양명은 난처해 보이는 아린의 아버지를 보고는 고갯짓했다.

"일단은 이동한다. 여기 말고 다른 적당한 객잔을 아는 자가 있나?"

"대주. 이 부근에서 저희 표행이 들어갈 만한 객잔은 전부 전 씨의 소유입니다."

"전 씨?"

"미주객잔을 소유한 부호입니다. 아마 저 아이가 말하는 그 할아버지가 전 씨일 겁니다."

양명은 전 씨의 이름을 입에 담기만 해도 덜덜 떠는 사내와 눈이 이글이글한 소녀를 바라보고 고민에 빠졌다.

"그렇다면 오늘은 야숙을 해야겠군. 기껏 성 안까지 들어왔는데 미안하지만, 다들 성 밖 공터로 이동하겠다."

"예, 대주."

양명은 빠르게 판단을 내렸다. 조금 더 작은 객잔을 나누어 쓰는 등의 방법이 있긴 했지만, 표행의 숨은 목적을 달성하는 데는 그쪽이 좀 더 효율적일 것 같았다.

과연, 양명이 공터로 간다는 명을 내리자 아이 아버지의 얼굴이 미묘해졌다.

"실례지만 어르신, 저희를 따라와 주시겠습니까? 여기서는 얘기가 곤란하겠지만 듣는 이 없는 성 밖의 공터라면 괜찮으실 겁니다."

"귀한 무사님께서 들으실 얘기가 아닌데 어찌……."

그래도 경계는 여전했다. 양명은 쓰게 웃어 보였다. 비굴하게까지 보이는 아린 아버지의 모습을 양명은 잘 알고 있었다.

자신이 삼류 무사일 때 저랬다. 강자에게 억울한 일을 당하고도 함부로 토로하지 못해 어쩔 줄 모르고, 마치 자신의 존재 자체가 죄인 것처럼 자신을 한없이 낮추는 태도.

양명뿐 아니었다. 여기 있는 기린대 무사들 전부 그런 경험이 있었기에 아린 아버지를 보는 시선은 부드러웠다.

"이해합니다. 누가 관심을 가지는 것이 부담스러우면서도, 누군가 그 억울함에 대해 들어 주고 이해해 주길 바란다는 것을."

양명이 부드럽게 말하자 아린 아버지의 눈동자가 가볍게 떨렸다.

"무슨 사정이든 저희는 야숙을 하기로 결정했으니, 어르신께서는 저희를 따라오셔도 되고 집으로 돌아가셔도 됩니다. 다만…… 저 아이는 저희를 따라올 것 같군요."

아버지의 뒤에서 눈을 번뜩이고 있는 아린을 보며 양명이 고갯짓했다.

"자, 출발하자."

다시 말에 오른 양명이 명을 내리자 표행은 다시 성 밖을 향해 움직였다.

조금씩 멀어지는 그들을 멍하니 바라보던 아린 아버지는

자신의 바짓단을 잡아끄는 딸아이를 내려다보았다.

저들이라면 정말 자신의 억울한 사정을 들어 주지 않을까?

"자, 잠시만요 무사님!"

결국 아린 아버지는 발을 떼었다. 아이를 안아 들고 뛰어온 그는 양명에게 조심스럽게 다가가 입을 열었다.

"실은 저도 객잔을 하고 있습니다. 작고 누추하긴 하지만 밖에서 야숙을 하시는 것보다는 나을 것 같습니다만……."

아린 아버지는 양명의 눈치를 보며 말을 흐렸다. 하지만 오히려 양명이 바라던 바였다.

"그것도 괜찮겠군요. 앞장서 주시겠습니까?"

양명의 정중한 말투에 아린 아버지는 놀람의 빛을 띠고는, 아린의 손을 잡고 서둘러 표행의 앞에 섰다.

그렇게 떠나가는 표행의 모습을 보며 점주는 이를 갈았다.

미주 객잔에서 이인 실이면 방 하나 당 은전 두 냥이다.

방 열다섯 개면 은전 서른 냥인데!

거기에 마차 보관과 말 관리비, 식사 등등을 더하면 마흔 냥은 훌쩍 뛰어넘었을 거고, 자신에게 떨어지는 몫도 최소 은전 세 냥은 됐으리라.

대부분의 표행은 낙천 지역의 악명을 알고 있었기 때문

에 괜히 들러서 시비를 붙느니 그냥 빠르게 지나가는 걸 선호해서, 마차 세 개짜리 표행은 요새 보기도 힘들었다.

그야말로 대형 손님을 눈앞에서 놓쳐 버린 것이다.

씩씩거리며 들어온 점주는 한참을 꿍하게 있다가 자리에서 벌떡 일어났다.

아린인지 애린인지 모를 그 계집애 때문에 장사 공친 것이 한두 번이 아니었다.

전 씨 소유의 다른 객잔도 마찬가지였다.

낙천에는 전 씨가 소유한 객잔이 총 세 개가 있었는데, 아린이 그 계집애는 그 중에서도 꼭 미주객잔에만 돌을 던져 댔다.

젊은 계집애 첩으로 들인 게 뭐 그리 대수라고 그러는지!

물론 부호 전 씨의 취향이 이 주변에서는 유명할 정도로 악랄한 것이야 점주도 잘 알고 있었지만, 제집 살리겠다고 제 발로 걸어 들어간 계집이 아니던가?

그동안은 전 씨의 체면을 봐서 넘어가고 있었지만 한 번은 그 건방진 계집을 손봐줘야 할 듯싶었다.

게다가 그 아비라는 작자도 매번 말리려고 뛰어는 오지만 정작 아린이 돌팔매질을 못하게 하지는 않았다.

"생각할수록 괘씸하군. 흑사방을 불러야겠어."

흑사방.

낙천 지역에서 더러운 뒷골목 일을 전담하는, 방주의 실력이 일류에 달하는 흑도 방파였다.

그들이 사실상 전 씨의 휘하에 있다는 것은 유명한 얘기였다.

그렇지 않고서야 도둑질, 강도, 살인, 방화 등의 범죄를 저질러도 관에서 꼼짝도 안 하거나 본체만체 넘어갈 수 있을 리가 없었다.

관에 있는 사람들마저 전 씨의 돈을 받아먹으니 가능한 얘기였다.

흑사방을 불러 아린 부녀를 손보는 것쯤은 일도 아니리라.

점주는 예전에도 몇 번 흑사방을 불러 객잔의 일을 훼방 놓는 사람들을 처리한 적이 있었다.

물론 상처는 나지 않게, 겁만 조금 줘야겠지만.

전 씨네 하인이 말하길, 전 씨가 아린의 언니를 마음에 들어 했는지, 조만간 동생인 아린도 들여야겠다고 했다니까.

열 살도 안 된 어린애를 방으로 들여다 무슨 짓을 하려고 하는지는 점주가 알 바 아니었다.

"얼굴이나 몸에 생채기 안 나게 겁만 주라고 해야겠군. 물론 그 아비 쪽은 어떻게 되든 상관없지만 말이야."

점주는 사특한 미소를 지어 보이며 빠르게 객잔의 문을 나섰다.

＊　　　＊　　　＊

양명 일행은 아린네 객잔에 도착했다.

소소객잔.

작을 소 자 두 개가 나란히 적힌 현판만큼이나 객잔의 크기는 작았다.

지은 지 오래된 듯 벽과 지붕을 올린 나무는 군데군데 썩어 있었고, 객잔의 깃발은 너덜너덜한 채로 간만에 오는 손님들을 맞이했다.

아린 아버지는 머쓱한지 뒷목을 긁으며 그들을 안내했다.

"방은 세 개뿐입니다만, 아린이 방을 치우면 몇 분이 더 쓰실 수 있을 겁니다. 저와 아린이는 함께 자면 되니까요."

"괜찮습니다."

"말과 마차는 창고에 두시면 될 겁니다. 창고가 텅 비어서 다행이네요."

"내가 안내할게!"

간만의 손님에 신이 났는지 아린이 뛰듯이 말과 마차를

창고로 안내했다.

양명은 품 안에 손을 넣어 전낭을 꺼냈다. 그리고 그 안에서 은자 스무 개를 꺼내 아린의 아버지에게 건네주었다.

"아이고, 무사님. 이게 웬……!"

"선금입니다. 일단 하루치이고, 더 머무르게 되면 떠날 때 잔금을 치르지요."

"너무 많습니다, 무사님. 서 냥만 주셔도 됩니다."

"전체를 세놓는 건데 이 정도는 드려야지요. 일단 얘기를 듣기 전에 음식을 좀 마련해 주실 수 있습니까? 저희 표사들이 배가 고플 때라서. 서른 명의 식자재를 준비하시려면 꽤 걸리실 테니, 저희는 들어가서 먼저 쉬고 있겠습니다."

"예, 예. 그래야지요. 서둘러 준비하겠습니다."

아린 아버지는 갑작스러운 횡재에 얼떨떨한 얼굴이었지만, 곧바로 객잔 주인답게 행동했다. 창고 안내를 마치고 돌아온 아린에게 방 안내를 부탁한 후 곧바로 시장으로 향했다.

양명은 그의 모습을 흐뭇하게 바라보면서 기린대원 둘을 따로 불렀다.

"너희 둘은 복장을 갈아입고 흑사방의 동태를 알아 보거라. 군사께서 말씀하신 게 맞다면 놈들이 움직일 가능성이 높다."

"예."

"알겠습니다."

두 명의 기린대는 서둘러 안으로 들어갔다.

제갈화영은 첫 표행부터 갈등이 발생할 수 있음을 알리고, 만약의 상황을 위해 이미 낙천 지역에 대한 사전 조사를 끝내 놓았다.

우선 가장 횡포를 일삼는 건 부호 전 씨와 전 씨를 등에 업은 이들이었다.

물론 전 씨에게 돈을 받아먹는 관의 횡포도 만만치 않았다.

전 씨가 제대로 세를 내지 않으니, 관에서 이를 충당하기 위해 민생의 고혈을 짜내는 것이다.

이로 인해 민심은 흉흉해지고, 흑도가 설칠 근간이 되었다.

그리하여 등장한 방파가 바로 흑사방.

흑사방은 뒷골목의 질서를 정리하는 한편 전 씨와 관의 더러운 일을 대신해 주는 손이 되어서 이 지역의 부패를 가속화시키는 원인이 되었다.

양명은 아까 점주의 반응으로 봐서 반드시 흑사방이 나설 거라 예상했다.

아린의 행동이 한두 번도 아닌 것 같았고, 눈앞에서 큰

돈줄을 놓친 자들이 어떻게 행동하는지도 잘 알고 있었으니까.

"간만에 피를 뿌릴지도 모르겠군."

양명은 어두워져 가는 하늘을 바라보며 중얼거렸다.

*   *   *

아린의 아버지는 서른 명의 식사를 상당히 괜찮게 차려냈다.

양명이 꽤 많은 은전을 주었기에 가능한 일이었다.

어린 아린도 작은 그릇을 나르는 등 열심히 아버지를 도왔다.

기린대와 표사들은 양껏 배를 채웠고, 음식도 맛있었던 덕분에 객잔 안에서는 화기애애한 대화 소리가 울려 퍼졌다.

오랜만의 활기에 아린 아버지도 얼굴에 화색이 돌았다.

그렇게 점점 긴장이 풀린 후, 드디어 사연을 얘기하기 위한 시간이 왔다.

깨끗하게 치워진 탁자엔 싸구려 엽차가 놓였고, 아린 아버지는 아까의 활기는 어디 갔는지 침울한 기색으로 입을 열었다.

"실은…… 저희 집안은 전 씨에게 빚이 있습니다. 하지만 원해서 진 빚은 아니었지요."

"사기라도 당하셨습니까?"

"맞습니다. 저희 아버지께서 전 씨에게 속아 큰 빚을 지게 되셨지요. 아버지께선 그 사실 때문에 앓아누우셨다가 돌아가셨습니다. 그 때문에 원래의 객잔도 뺏기고 이처럼 작은 객잔으로 쫓겨나게 되었지요. 그것이 미주객잔을 빼앗기 위한 수법이라는 것을 진즉에 알았어야 했는데."

"미주객잔이라니. 그러면 원래 미주객잔의 주인이셨습니까?"

"예. 그랬습니다. 낙천에서 제일가는 객잔이 탐이 난 전 씨가 우리 객잔을 치졸한 수로 빼앗은 것이지요."

들어 주는 이가 있으니 용기가 나는지 아린 아버지의 목소리가 점점 격해졌다.

아린 아버지의 얘기는 이랬다.

원래 미주객잔은 아린의 집안이 대대로 운영해 오던 객잔이었다.

미주객잔은 질 좋은 술과 음식으로 유명했고 친절했으므로 늘 장사가 잘됐는데, 전 씨가 이 객잔을 손에 넣으려고 수작을 부렸던 것이다.

그것도 몇 단계에 걸쳐 미주객잔을 괴롭힌 악질 중에 악질이었다.

우선 전 씨는 미주객잔으로 들어가는 식재료의 거래를 제안했다.

자신이 운영하는 객잔에도 식자재가 많이 들어가니 대량으로 수매해 나누어 가지면 저렴하게 확보할 수 있지 않겠느냐는 거였다.

때마침 좋은 물건을 구하기 어려워진 터라 아린의 할아버지는 고민하다가 전 씨의 제안을 받아들였다. 물론 물건을 구하기 어려웠던 것도 전 씨의 수작이었다.

처음에는 질 좋은 재료가 들어왔다. 원래 들이던 것보다 훨씬 재료가 좋아서 객잔도 장사가 잘 됐다.

전 씨와 계약 하기를 잘 했다고 생각하던 즈음, 재료의 질이 조금씩 안 좋아지기 시작했다.

그럴 수 있었다. 식자재란 늘 질이 오락가락하니까.

문제는 전 씨네 객잔의 식자재는 여전히 질이 높았다는 것이다.

아무리 맛에 둔감한 사람도 점점 질이 하향되니 미주객잔을 떠나 다른 객잔으로 향했다.

질 나쁜 소문도 돌았다. 아린의 할아버지가 돈맛이 들어서 싸구려 식재료로 비싸게 장사를 한다는 소문이었다.

그때쯤 되자 아린의 할아버지도 이게 전 씨의 수작이라

는 것을 눈치챘다.

식자재 공급 계약을 끊으려고 했지만, 전 씨는 십 년 전속 계약이 걸려 있다면서 계약서를 내밀었다.

거기에는 서명할 때는 보지 못했던 전속 기간과 계약 해지 시 물어야 하는 위약금 은 삼천 냥이 적혀 있었다.

하지만 계속 이렇게 싸구려 식자재를 받으면서 장사를 할 수는 없었다.

아린의 할아버지는 고민 끝에 계약을 해지했지만 은 삼천 냥이라는 거금이 빚으로 남아 있었다.

그래도 미주 객잔에는 돈이 제법 있는 편이라 어찌어찌 삼천 냥을 다 마련해 갚았다.

문제는 그다음이었다. 수중의 돈을 전부 털어 넣고 나니, 객잔을 운영할 돈이 없는 것이다.

점소이와 요리사, 하인을 하나둘 해고했지만 그래도 돈이 부족해 결국 전장에 손을 내밀었다.

미주객잔을 담보로 상당한 돈을 융통했지만 이미 한번 떠나간 손님은 돌아오지 않았다.

전 씨와 손을 끊자 상인들은 싸구려 식재료마저 팔아 주지 않았고, 결국 빌린 돈을 갚지도 못한 채 객잔을 빼앗기고 말았다.

이 지역의 전장과 고리대업자가 모두 전 씨의 돈을 빌려

쓰고 있으므로, 객잔이 고스란히 전 씨의 손에 들어간 것은 당연한 일.

여기에 전 씨는 쐐기를 박았다.

미주객잔이 비록 돈을 탐해 말로의 길을 걷게 된 것은 안타까우나, 그 실력이 아까우니 자신이 작은 객잔이나마 마련해 주겠다는 것이었다.

그리고 실력 있는 요리사와 성격 좋은 점소이를 투입해 미주객잔을 전보다는 못하지만 그래도 제법 괜찮은 객잔으로 새 단장했다.

이러니 미주객잔이 망한 건 오로지 미주객잔의 탓이요, 전 씨의 탓이 아니게 되었다.

어디에 가서 억울하다고 읍소해도 안 믿어 줄 상황이 된 것이다.

누구한테 얘기해도 오히려 전 씨가 웬일로 좋은 일을 했다며 전 씨를 높이 평가했다.

이 때쯤 아린의 할아버지는 몸져누웠다. 이게 다였으면 얼마나 좋았을까.

아린에게는 아란이라는 언니가 있었다. 올 해로 나이가 열다섯인데 그 미색이 뛰어나 어릴 때부터 객잔 손님들의 입에 오르내리곤 했었다.

전 씨가 바로 그 아란을 탐낸 것이다.

아린 아버지 모르게 아란과 접촉한 전 씨는 자신의 첩이 되면 미주객잔을 돌려주겠다는 약속을 하고 아란을 데려갔다.

말이 데려간 것이지 아란이 제 발로 걸어간 데다가, 소소객잔을 얻는 대신 아란을 팔아넘긴 거 아니냐며 오히려 아린 아버지에게 비난의 화살이 쏟아졌다.

그 때문에 소소객잔은 더더욱 장사가 되지 않았고, 빚을 갚거나 아란을 데려올 일은 더욱 요원해졌다.

결국 언니를 빼앗긴 아린이 할 수 있는 건 원래 살던 객잔 앞에 돌을 던지는 것 외에는 전혀 없던 것이다.

"……사정이 그렇게 되니 관에서도 전혀 관심을 가져 주지 않았습니다."

아린 아버지는 침울한 얼굴로 기나긴 사연에 대한 이야기를 마쳤다.

"처음에는 조금 얘기를 들어 주던 사람들도 시간이 가면 갈수록 저희를 믿지 않더군요. 전 씨가 종종 저희 객잔 앞에 물건을 쌓아 두고 가기 때문입니다. 객잔이 안 보일 정도로 가득 말입니다. 갖고 가라고 해도 거절하고, 돌려보내려고 해도 옮길 사람이 없습니다. 그래서 제가 그걸 지고 전 씨 집으로 나르면, 사람들은 그걸 제가 아란이를 팔아넘긴 대가로 받았다고 생각하더군요……."

이야기가 이어질수록 첩첩산중이었다.

전 씨라는 부호는 단순하게 폭압만으로 아린 부녀를 괴롭힌 것이 아니었다.

교활하게도 세간의 부정적인 시선이 전부 소소객잔을 향하게 한 것이다.

"정말 어떻게 해 볼 건덕지도 없는 상황이구만요."

기린대원 중 하나가 나지막이 중얼거렸다. 아린 아버지의 턱 끝은 더욱더 바닥을 향했다.

"이제는 그런 생각도 듭니다. 사기를 당했다고 생각한 건 제 착각이 아닐까. 정말 아버지께서 현명치 못하셨고, 저는 생활에 쪼들려 딸을 환갑 넘은 노인에게 팔아넘긴 파렴치한 인 것은 아닐까……."

양명은 끝내 눈물을 흘리고 마는 아린 아버지를 안쓰럽다는 듯 바라보았다.

감당할 수 없는 슬픈 일을 당했을 때, 사람의 반응에는 몇 가지 단계가 있다.

처음에는 분노다. 그때는 아직 자신에게 닥친 일에 대해 화를 낼 수 있는 힘이 있다.

그다음에 찾아오는 것은 무감정이다. 차분함이라고 부를 수도 있겠지만, 그것과는 좀 다르다. 분노로 인해 어지러웠던 머리가 가라앉고 상황이 이해되기 시작한다.

이해와 정리가 끝나면 찾아오는 것이 슬픔이다.

그런데 여기서 사람이 계속 억울한 일을 당하면 무기력과 함께 자기 비하가 찾아온다.

억울한 일을 마냥 손 놓고 당해야만 하는 자기 자신에 대한 혐오가 생기는 것이다.

그 모든 일은 자신이 약해서, 자신이 잘못해서 일어났다는 생각.

이 자리에 있는 이들은 누구나 정도가 다를 뿐 비슷한 경험을 해 보았다.

사실 살다 보면 누구나 한 번쯤 겪는 일. 그러나 이 부녀는 그것을 너무 강하게 겪었다.

"사연은 알겠습니다. 얼마나 분통이 터지실지 이해합니다."

양명이 진심 어린 목소리로 말하자 아린 아버지는 고개를 들었다.

언제 그가 이런 말을 들어 보았던가. 이해한다는 말 한마디만으로도 가슴속의 앙금이 조금이나마 씻겨 나가는 기분이었다.

"혹 저희가 도와 드릴 방법은 없겠습니까?"

"아닙니다, 아닙니다. 들어 주신 것만으로도 감사합니다. 제 얘기를 믿어 주신다면 더더욱 고맙지요. 하지만 어찌 제

일에 남의 손을 빌리겠습니까. 연고도 없는 저 때문에 곤란한 일을 겪으시게 할 수는 없습니다. 여러분은 표국에서 일하시니 계속 이 지역을 지나다니셔야 할 텐데, 여기서 전 씨에게 밉보이면 오고가는 것도 힘들어지실 겁니다."

아린 아버지는 소매로 눈물 자국을 찍어 냈다.

그토록 괴로웠으니 누군가 도움의 손길을 뻗치면 잡고 싶을 만도 한데.

기본 심성이 바르고 단단한 사람이라는 것을 알 수 있었다. 그랬던 사람이 오랜 시간 풍화에 지쳐 닳아 버린 것이다.

진정으로 그 말을 믿어 주기만 해도 이처럼 본질이 되살아나는 것을.

양명은 아린 아버지의 그런 성정이 어쩐지 남궁장인가 사람들과 비슷하게 느껴졌다.

"대주."

아까 양명이 바깥 동정을 알아보기 위해 내보냈던 두 명의 사복 대원들이 돌아왔다.

그들은 아린 아버지가 듣지 못하게 전음으로 알아본 바에 대해 전했다.

『미주 객잔의 점주가 흑사방을 방문했습니다. 아무래도 흑사방을 통해 부녀를 손보려는 모양입니다. 흑사방 패거리두엇이 주변을 살피고 있습니다.』

『바깥에 우리의 흔적은 지웠나?』

『예. 혹시 몰라 발자국과 마차 자국도 흩어놨습니다. 우리가 여기에 머물고 있다는 건 들어오지 않으면 모를 겁니다.』

양명이 티 나지 않게 고개를 끄덕였다.

의도했던 바는 아니지만 일이 잘 풀리고 있었다.

흑사방이 아린 부녀를 손보려고 들렀을 때. 그들은 뛰어난 고수들과 마주하게 되리라.

『우리 열 명 중 네 명은 밖을, 네 명은 안을 담당한다. 그리고 나머지 둘은 부녀가 휘말리지 않도록 보호하라. 우리가 머물고 있다는 것이 티 나지 않게 방에는 전부 불을 끄고. 혹시라도 주민들이 말을 전하지 않도록 밖을 맡은 대원들이 감시하도록.』

양명이 기린대원들에게 전음을 날리자 대원들이 작게 고개를 끄덕였다.

밤이 다가오고 있었다.

*　　　*　　　*

그날 밤.

달마저도 구름에 가려 한 점 빛도 없는 골목길을 다섯 명의 왈패가 지나가고 있었다.

둔탁한 발소리는 그들이 묵직한 뭔가를 들고 있음을 알게 했다.

반대로 말하자면 그런 발소리조차 숨기지 못할 정도로 하수들이었다.

무인으로 치자면 삼류인 흑사방 방도들은 그들 방주의 명령을 듣고, 각자 몽둥이 하나씩을 들고서 낙천 구석에 처박혀 있는 소소객잔으로 향하고 있었다.

형제 다섯이 나란히 흑사방에 속해 있는 일삼, 이삼, 삼삼, 사삼, 오삼 중 사삼은 오늘 일이 영 마음에 안 드는 듯 입을 삐죽 내밀고 계속 투덜거렸다.

"거 천천히 가자고, 형님들. 빨리 가서 뭐합니까? 기집애 얼굴에 손 한 번 못 대는데."

사삼은 형제 중에서도 가장 성격이 나빴는데, 가장 질이 나쁜 부분은 바로 이 부분이었다.

그에게는 어린 계집애들을 때리며 성욕을 채우는 질 나쁜 취미가 있었다.

한 번은 어디서 열 살도 안 된 계집애를 납치 해다가 밤새 때리는 바람에 아이가 죽어 버려서 흑사방이 뒤처리를 해야만 했다.

"너 방주 성격 모르냐? 후딱 일 처리 하고 돌아가지 않으면 우리 뺨따귀가 성치 않을걸?"

방주를 유독 두려워하는 삼삼이었다. 형제들 중에 가장 무공이 약한 그는 거친 도에 아주 잠깐이나마 약한 도기를 두를 수 있는 방주를 무척 흠모하면서도 무서워했다.

"둘 다 시끄럽고, 사삼이 너. 오늘은 진짜 손대면 안 된다."

"예예, 형님. 나도 전 씨는 무서우니까 말입죠. 전 씨가 손댈 계집을 내가 먼저 손댔다가 황천길 가고 싶진 않습니다요."

흑사방도답게 그들은 전 씨의 교활하고 악랄한 면모를 잘 알고 있었다.

특히나 사삼은 전 씨와 동류인지라 더 꺼리는 면이 있었다.

사삼이 계집들을 맨 손으로 때린다면, 전 씨는 채찍을 사용했다.

첩이나 하녀로 들어간 계집들이 짧으면 며칠, 길면 몇 달 만에 죽어나오는 일은 이미 예사였다.

전 씨의 관심이 일찍 식는 바람에 운 좋게 살아 나온 여자들은 다리를 절거나 반병신이 되었다.

게다가 고분고분 맞기만 하는 계집보다는 바락바락 성질

을 내며 비명을 지르는 계집을 좋아한다는 소문도 있었다.

아마 그 때문에 소소객잔의 어린 계집을 전 씨가 눈독 들이고 있는 모양이었다.

어쨌든 형제는 소소객잔의 앞에 도착했다.

그들의 목적은 부녀를 적당히 얼러 놓는 것. 물론 말이 얼러 놓는 것이지, 적당한 폭력과 파괴를 동반하겠지만 말이다.

특히 사삼은 계집을 못 때리면 아비라도 때리겠노라며 입맛을 다셨다.

계집은 전 씨의 소유가 될 것이니 건들면 안 되지만, 아비는 죽지만 않으면 된다는 허락을 받았으니까.

일삼이 객잔 문을 쓱 밀었다. 안에서 빗장을 건 것인지 문은 밀려나지 않았다.

이미 몇 번 방문했기 때문에 예상했던 일인지라 일삼은 한 걸음 뒤로 물러난 후 나무 몽둥이를 높이 치켜들었다.

그리고 문을 향해 힘 있게 내려친 순간.

객잔 문이 벌컥 열렸다.

이미 속도가 붙은 나무 몽둥이는 그대로 문을 연 누군가의 머리를 강하게 강타했다.

빠각—!

갑작스러운 상황에 오 형제는 깜짝 놀라 눈을 크게 떴다.

소리도 이상했다. 나무로 된 문을 부술 정도의 힘으로 머리를 맞았는데, 두개골이 깨지는 소리가 아니라 나무가 빠개지는 소리가 나다니?

"누, 누구냐!"

일삼이 빠개진 나무 몽둥이를 들고 당황해 물었다.

머리 하나로 나무 몽둥이를 가루로 만들어 버린 자, 양명은 먼지라도 묻은 양 머리를 손으로 훌훌 털고는 일삼을 바라보았다.

눈이 마주치는 것만으로도 일삼은 오금이 저렸다.

자신들의 방주도 눈빛만으로 사람을 이렇게 좋아들게 할수는 없었다.

양명은 그런 일삼을 바라보며 목청껏 외쳤다.

"습격이다! 표물을 노리는 자가 있다!"

양명이 소리를 지름과 함께 안에서 네 명의 기린대원이 뛰어나왔다.

오 형제는 당황할 틈도 없이 그들의 목을 노리는 날카롭고 매서운 검과 마주해야 했다.

태앵—! 태앵—!

검 면과 몽둥이가 맞부딪치며 나는 소리가 소소객잔을 요란하게 울렸다.

그러자 객잔 안에 있던 표사들도 큰 소리로 외치기 시작했다.

"싸우는 소리가 나는데?!"

"습격이다!"

"표물을 지켜라!"

역시나 양명이 계획한 바였다. 표사들이 횃불을 들고 나오면서 이리저리 뛰어다니며 시끄럽게 하자 오 형제는 더욱더 혼란에 빠졌다.

"뭐, 뭐야! 계집이랑 아비 둘만 있는 거 아니었어?!"

사삼은 기겁하며 자신의 머리로 날아오는 검을 향해 몽둥이를 내질렀다.

하지만 다른 형제들은 대답할 여유가 없었다. 뭐라 말할 틈도 없이 계속해서 빠른 속도로 검이 날아왔기 때문이다.

사실 기린대는 흑사방 오 형제를 무척이나 봐주면서 상대하고 있었다.

같은 기린대원끼리 수련을 할 때보다도 강도가 약했다.

그도 그럴 것이, 이번 표행을 따라온 기린대원들은 전부 일류 무사들이었으니까.

그것도 화경의 경지를 이룩한 남궁혁이 손수 가르치고 연공을 봐주는 무사들이다.

길거리에서 대충 검이나 휘둘렀던 삼류 왈패들이 상대할 수 있는 실력이 아닌 것이다.

그런데도 기린대원들은 가끔 오 형제의 몽둥이에 맞거나 스쳐 상처를 입었다.

오 형제가 빠져나갈 수 없게 단단히 함정을 파는 것이다.

검면으로만 상대하는 것도 계획의 일부였다.

기린표국이 표물을 노리는 흑사방에게 습격을 당했고, 이로 인해 피해를 입었다는 사실을 입증해야 하니까 오 형제는 가급적 안 다칠수록 좋았다.

"으윽!"

"크억!"

하지만 검면으로 후드려 맞는 것도 보통 아픈 것은 아니었다.

기린대원들은 교묘하게 힘을 조절해 오 형제의 사지를 두들겨 팼다.

그것도 멍이 들지 않도록 교묘하게 힘을 조절해서 피부가 아닌 근육만 상하게 때렸다.

"크윽……! 젠장, 튀자 아우들아!"

그나마 좀 정신이 든 일삼이 크게 외쳤다.

상대가 안 된다는 건 진즉부터 깨달았지만 잠깐이라도 몽둥이를 휘두르는 걸 멈췄다간 그대로 목이 날아갈 것 같아 도망치지도 못하고 있었다. 그러다 약간이나마 여유가 생겨 외친 것이다.

"강도들이 도망친다! 막아라!"

양명이 미리 정한 말을 외치자 밖에 대기하고 있던 기린대 네 명이 불쑥 튀어나왔다.

"이 놈들은 또 뭐야!"

"형님!"

"으악!"

밖에 대기하고 있던 네 명의 역할은 아까 이들과 대치하고 있던 대원들의 역할과 또 달랐다.

그들은 보다 매서운 공세를 취하며, 날카로운 검 끝으로 오 형제를 사정없이 몰아붙였다.

이는 다분히 주변에 몰려든 사람들을 의식한 공세였다.

표사들이 횃불을 들고 고래고래 소리를 지르는 바람에 잠에서 깬 주민들이 하나둘 근처로 모여들어 이 난장판을 지켜보고 있었다.

"흐미, 무슨 일이랴?"

"소소객잔에 표행이 묵고 있는데 강도가 들었나 봐. 객잔에 강도라니…….."

"저거 흑사방 오 형제 아닌가? 관이 흑사방을 오냐오냐 봐주니까 간댕이가 부었군. 표국 사람들이 확 때려눕혔으면 좋겠네."

양명은 사람들의 말을 전부 귀 기울여 듣고 있었다. 그들이 오삼 형제를 밀어붙이는 기린대원들을 슬쩍슬쩍 응원하기 시작하자, 양명은 신호를 보냈다.

『이만 끝내라.』

『예, 대주.』

멀찌감치 서서 도망치지만 못하게 감시하고 있던 나머지 기린대원들까지 싸움에 합세했다.

그러자 싸움은 순식간에 끝나 버렸다. 대원들은 사람들의 눈을 의식하며 오삼 형제를 바닥에 때려눕히고 크게 외쳤다.

"네 이놈들! 누구의 명을 받고 우리 표국을 습격한 것이냐!"

"뭔 명이오! 쌩 사람 잡지 마소!"

그래도 입은 살은 사삼이 바닥에 엎어진 채로 버럭버럭 소리를 질렀다. 기린대원이 눈살을 찌푸리며 움직이지 못하게 그의 등허리를 세게 밟아 눌렀다.

단순히 이들을 벌하거나 이들의 습격을 명분삼아 흑사방까지 역 침입해 들어가는 것은 의미가 없었다.

그래 봤자 처리되는 것은 흑사방뿐. 전 씨는 아린 부녀를 괴롭혔던 것처럼 교묘하게 수작을 써 손을 씻을 것이 분명했다. 남궁장인가가 이 지역에 발을 디디려면 전 씨를 처리해야 했다.

양명은 주변의 시선을 의식하며 오삼 형제에게 전음을 쏘아 보냈다.

『이 자리에서 바른대로 털어놓지 않으면 너희들은 하나씩 명을 달리할 것이다. 누구부터 목을 내놓겠는가?』

차라리 한 번에 다 죽이겠다고 으름장을 놓으면 뻗대 보기라도 하겠는데, 하나씩 죽이겠다고 하니 공포감이 엄습해 왔다.

설마 이렇게 많은 사람들 앞에서 대놓고 자신들을 죽이려나 싶기도 했지만, 그거야말로 흑사방이었던 자신들이 가장 잘 하던 일이 아닌가. 충분히 가능한 일이었다.

『네놈들은 조무래기인 것 같군. 우리가 너희를 처리하면 너희 방주나 그 뒤에 있는 사람이 너희를 구해 줄 것 같은가?』

이 또한 맞는 말이었다. 오삼 형제가 흑사방의 일을 잘 처리하긴 했지만, 방주에게 그들은 일백 흑사방도 중 다섯 명일 뿐이었다.

흑사방이 이 낙천 주변을 꽉 잡고 있긴 했지만 이 정도의 강자들과는 얽히려 하지 않을 게 분명했다.

전 씨 또한 마찬가지였다. 방주가 그들을 버리는데 전 씨가 그들을 구해 줄 리 없었다.

『잘 생각해 봐라. 지금 네놈들의 목숨 줄을 쥐고 있는 게 누군지.」

일삼의 눈이 번뜩 뜨였다. 그래도 형제 중 가장 머리가 잘 돌아가는 큰형답게 그는 양명의 말에 담긴 속뜻을 알아차렸다.

목숨 줄을 쥐고 있다, 그 말인즉, 말만 잘하면 자신들을 살려 준다는 뜻이다.

지금 이 자리에서 뿐 아니라 흑사방주와 전 씨에게서도.

이래도 저래도 위험하다면 차라리 살 확률이 높은 쪽을 고르는 게 낫지 않을까?

"의리를 지킬 모양이군. 비록 흑도인이지만 그 결정을 존중하겠다."

일삼이 머리를 굴리는 사이 양명이 검을 높게 쳐들었다. 그 순간 일삼의 입에서 큰 목소리로 한 명의 이름이 튀어나왔다.

"전 씨입니다! 전 씨!"

"전 씨라니. 그게 누구지? 그가 왜 우리 기린표국을 습격했단 말인가?"

양명은 무슨 소린지 전혀 모르겠다는 듯 태연스럽게 답했다.

남궁혁 앞에서는 정직하고 순박하기 짝이 없는 충견 같은 이지만, 그도 한 때 밑바닥을 굴렀던 만큼 이런 일이 어렵지는 않았다.

눈치 빠른 일삼은 곧바로 양명이 원하는 대답을 내주었다.

"전 씨가 우리 흑사방을 시켜 소소객잔을 습격하라고 했습니다!"

"왜 습격을 시킨 건가? 물건을 가져오라고 하던가?"

전 씨가 시킨 것은 전혀 다른 내용이었지만, 일삼은 양명이 질문하는 대로 답했다.

"예! 그렇습니다! 객잔 주인은 마음대로 해도 좋고, 계집은 전 씨가 탐내고 있으니 건들지 말고! 물건은 저희들 마음대로 하라고 했습니다!"

양명은 주변을 돌아보았다. 주민들은 전 씨가 습격을 지시했다는 사실을 두고 소란스럽게 얘기를 나누었다.

특히 객잔 주인, 즉 아린 아버지를 폭행해도 좋고 아린은 전 씨가 탐냈다는 얘기가 빠르게 퍼져 나갔다.

이제 기린대가 마음껏 움직일 수 있는 분위기가 조성된 것이다.

"일단 흑사방주에게 우리를 습격한 책임을 물어야겠군. 네가 흑사방까지 우리를 안내해라. 나머지는 묶어 창고에 두고 감시해라."

"예, 대주."

양명은 일삼을 길잡이로 지목했다. 그리고 나머지 네 명을 창고에 가둬 둔 후, 그들을 감시하고 아린 부녀를 지킬 두 명의 기린대원을 남겨 두고서 일삼의 뒤를 따라 흑사방으로 향했다.

*　　　*　　　*

흑사방주 고원은 자신의 방에 드러누워 새로 들인 애첩 둘을 양옆구리에 끼고 곤한 잠을 자는 중이었다.

소소객잔에 오 형제를 보낸 일은 걱정도 하지 않았다. 아니, 아예 잊고 있는 거나 마찬가지였다.

오 형제는 무공 실력은 그저 그래도 서민들을 협박하거나 은근히 괴롭히는 일에 있어서는 도가 튼지라 이번 일에는 아주 적격이었다.

계집의 빰을 밝히는 사삼 놈이 일을 좀 망칠까 걱정이긴 하지만 일삼과 이삼이 동생들을 꽉 잡고 있으니까.

그보단 이번 일을 어떻게 하면 전 씨에게 더 그럴싸하게 포장해서 말을 할까가 더 고민이었다.

요새 전 씨는 흑사방에 대 주는 돈이 아까운지 은근슬쩍 흑사방에 대한 지원을 줄이고 있었다.

낙천 지역에 대한 전 씨의 지배력은 이제 안 닿는 곳이 없는 수준이었다.

사람들은 알아서 전 씨에게 굽실거렸고, 이제는 굽실거린다는 것을 인지조차 못하고 그것이 당연한 규칙이자 질서라고 여겼다.

그러니 뒤에서 더러운 일을 대신해 주는 흑사방의 할 일이 줄어든 것은 당연지사.

그러던 차에 미주객잔의 점주가 아린 부녀를 손봐 줄 것을 부탁한 건 참으로 좋은 건수였다.

계집애는 손대지 말라고 한 것도, 좋은 건덕지를 만들어 준 데 대한 일종의 보답 같은 거기도 했다.

눈앞에서 아비가 마구 괴롭힘 당하는 모습을 보면 계집은 더 미쳐서 날뛸 테고, 그러면 소소하게나마 흑사방이 할 일도 계속 생길 거 아닌가.

그런 생각을 하며 술을 벌컥벌컥 마시다가 새로 들인 첩두 명을 껴안고 뒹굴다 잠든 그는 어디선가 들려오는 검격 소리에 번쩍 눈을 떴다.

아무리 왈패들의 두목 노릇을 하고 있지만 그는 엄연히 일류의 실력을 자랑하고 있었다.

한창때는 낙천현의 왈패 열 하고도 서너 명과 홀몸으로 맞붙어 이기기도 했다.

나이를 먹고 몸을 사리는 다른 흑도 방파의 방주들과 달리 그는 싸움을 좋아했고, 큰 도를 무지막지하게 휘둘러 상대를 제압하는 것을 좋아했다.

때문에 그는 둔중한 몸을 빠르게 움직여 잽싸게 큰 태도를 집어 들고 밖으로 뛰쳐나갔다.

"웬 놈들이냐!"

고원은 기세 좋게 외쳤다. 하지만 대답은 들려오지 않고 흑사방의 대문 앞에서는 계속해서 비명 소리와 검격 소리만 울려 퍼졌다.

"대체 어떤 놈들이야?"

그는 투덜거리면서 정문 쪽으로 달려 나갔다.

부하들이 당할까 봐가 아니라 도에 피를 묻히기 위해서였다.

쳐들어온 놈들이 누군지 대충 예상은 갔다. 북천파라 불리는, 낙천 서쪽을 차지했지만 전 씨를 등에 업은 흑사방에 밀려 자리를 내주었던 흑도 방파가 있었다.

순순히 흑사방에 고개를 숙이고 들어왔으면 좋았을 텐데, 그곳 문주 성격이 보통이 아니라 아직까지도 심심하면 세력을 결집해 쳐들어오고 있었다.

이름은 그럴 듯 했지만 그래 봤자 우두머리의 실력도 삼류에 모아 오는 인원도 스무명 안팎이라 매번 흑사방의 즐거운 놀이 상대가 되는 게 고작이었지만.

"아, 아니?"

하지만 이번에는 상황이 달랐다.

고원이 룰루랄라 신나게 도를 휘두르며 정문에 도착했을 때, 그의 눈에 들어온 것은 이미 바닥에 널브러져 피를 철철 뿌리고 있는 수십의 흑사방도, 그리고 처음 보는 낯짝을 한 흑의무복의 무사 여덟 명이었다.

그중 대장으로 보이는 이가 피에 절은 바닥을 저벅저벅 지나쳐 와 고원에게로 다가왔다.

"네 녀석이 흑사방의 방주인가?"

"그, 그렇다. 네놈은 웬 놈이냐!"

고원이 이 지역에 와서 흑사방을 꾸리고 가장 강한 흑도 세력을 구축하는 데 도움이 되었던 것이 있다. 바로 직감.

더러운 일을 한다지만 어쨌거나 그에게도 생사를 건 순간들이 있었다. 그때마다 끝내 살아남은 고원의 직감이, 바로 눈앞의 사내가 엄청난 고수라고 말하고 있었다.

"내 이름은 양명. 남궁장인가의 기린대주로 기린표국의 표행을 호위하다가 너희가 보낸 이들에게 습격을 받았다."

"뭐? 그게 무슨 소리야?"

"이미 일삼이 전부 설명했다. 내일 관아로 끌고 가기 전, 우리는 무림의 법도에 따라 너희들에게 습격에 대한 값을 받아 내려고 한다."

고원에게는 양명이 말하는 모든 얘기가 뜬금없고 당황스럽기만 했다.

그의 수하 오 형제를 보낸 건 아린 부녀를 손보라는 거였지, 이런 고수들을 건드리라고 한 게 아닌데?

"나으리, 뭔가 오해하시는 게 있으신 거 같은데—"

고원은 순식간에 태도를 바꿨다. 강자의 앞에서는 얼마든지 비굴해질 수 있는 것이 바로 흑도 방파의 방주라는 자리였다. 하지만 양명은 그의 말을 한 마디도 들을 생각이 없어 보였다.

양명의 검기가 새벽의 여명처럼 눈부시게 빛났다.

양명이 초절정의 경지에 들어선 것을 축하하기 위해 남궁혁이 손수 심혈을 기울여 만든 검은 강한 기의 응축을 무리 없이 견뎌 냈다.

양명이 봐주지 않을 것이라는 걸 깨달은 순간, 흑사방주 고원도 이를 악물고 도를 휘둘렀다.

그의 도에는 모든 흑사방도와 낙천 사람들이 두려움과 경외로 바라보던 은은한 도기가 서려 있었다.

하지만 여일혼원신공을 통해 내공의 양이 급격하게 늘어난 양명의 상대가 될 수는 없었다.

기본적인 도법, 검법 실력과 보법에 있어서도 마찬가지였다.

흑사방주가 된 이후 내공의 증진에나 신경 썼지 도법의 기초와 보법은 가다듬을 생각도 하지 않았던 고원에게는 양명의 한 수 한 수를 피하는 것조차 어려웠다.

푸슉—

양명의 검이 고원의 어깨 죽지를 푹 찔러 들어갔다. 그대로 팔에 힘을 주자, 고원의 팔은 마치 고기 썰리듯이 어깨부터 잘려 나갔다.

"으아아아아아악—!"

고원이 쥐고 있던 도와 육중한 팔이 동시에 바닥에 떨어지며 피 분수를 뿌렸다.

그렇게 되기까지 고작 열 합도 걸리지 않았다.

"대, 대협……! 제가 대체 대협께 무슨 잘못을 했다고!"

고원은 눈물까지 흘려 가며 고래고래 소리를 질렀다. 하지만 양명의 얼굴은 싸늘했다.

이런 자들은 변명의 기회를 줘도 갱생의 여지가 없다.

아마 그에게도 여러 번 선택의 기회가 왔을 것이다.

하지만 이런 흑도 방파의 방주 자리에 오르기까지, 그는 언제나 타인에게 해가 되는 선택만 해 왔으리라.

"뒤늦게 치른 죗값이라 생각해라."

양명은 왼손을 놀려 고원의 혈을 짚었다. 그러자 잘려나간 부분의 피가 멈추고 고원도 기절한 듯 푹 쓰러졌다.

놈은 여기서 죽어서는 안 됐다. 충분한 죗값을 치르고, 이곳 주민들에게 흑사방의 몰락을 알리는 표식이 되어야 했다.

"나머지 놈들은 하나도 놓치지 마라!"

"예, 대주!"

양명의 명이 떨어지기 무섭게 여덟 명의 기린대원들은 흑사방 곳곳으로 빠르게 튀어 들어갔다.

그리고 곧 안에서도 수십 명의 비명 소리가 들려오기 시작했다.

해가 뜨기 전에 흑사방은 정리되리라.

문제는 그 다음이었다.

*　　　*　　　*

낙천 지역을 주름잡고 있던 흑사방이 의문의 습격을 받은 다음 날.

낙천의 공무를 담당하는 지현(知縣) 왕현석은 새벽부터 일어나 발을 동동 구르고 있었다.

바로 지난 밤 방문한 귀한 손님 때문이었다.

지현이 아무리 정칠품의, 한 지역에서는 가장 높은 위치의 관리라지만 방문하신 손님은 지현이 감히 발끝도 볼 수 없을 정도로 까마득한 분이었다.

자무군주 주예홍.

정강왕의 귀한 여식이자 황제의 사랑을 받는 군주로, 정강왕부에 대대로 내려지는 자색태검공을 대성한 고수.

비록 정식 관직은 없지만 황제의 밀명을 받아 중원 곳곳을 관리, 감찰하고 보고를 올린다는 말이 있어서 관리들에게는 그야말로 요주의 대상이었다.

보통은 민생을 훑어보고 조용히 지나가서 얼굴조차 보기 힘들다던데, 그런 자무군주가 직접 방문해 하루 머물 곳을 요청한 것이다.

그간 해 먹은 것도 많은 데다가 최근에 전 씨에게 거하게 받은 것이 있어서, 왕현석은 자무군주의 방문에 잠도 오지 않았다.

과연 듣던 대로 그 미색이 천상의 선녀 같기는 했다. 아마 평범한 여인이었다면 한 번쯤 어떻게 해 보려고 마음먹었을 것이다.

하지만 상대의 신분도 신분이고, 고강한 고수인 데다가, 그 옆에 선 호위무사라는 여인!

그 여인이 자신을 서릿발 같은 눈으로 바라보는데 감히 음심을 품을 깜냥 같은 건 없었다.

다행히 하룻밤 머물고 간다고 하니 떠날 때까지 별 일이 없기만 바랄 뿐……

"왕 지현! 안에 계십니까! 큰일이 났습니다!"

밖에서 주부(主簿) 계순덕이 난리를 치며 지현의 처소로 달려왔다.

안 그래도 밤새 잠을 못 이룬 탓에 짜증이 잔뜩 나 있던 왕현석은 문을 벌컥 열며 소리를 질렀다.

"아침부터 웬 소란이냐!"

그는 계 주부를 별로 좋아하지 않았다. 잊을 만하면 바른 말을 해 대고 상관인 자신을 탐탁찮게 여기는 것이 느껴졌기 때문이다.

그나마 일이라도 잘하니 내버려 뒀지, 안 그랬으면 뭐라도 구실을 잡아 바로 파직시켰으리라.

"기린표국이라는 데서 흑사방을 심문해 달라고 요청했습니다!"

"뭐라고? 흑사방을?"

왕현석은 코웃음을 쳤다. 난 또 뭐라고.

가끔 있는 일이었다. 처음 이 지역을 지나는 이들은 낙천의 생리를 몰라 흑사방과 문제가 생기곤 했던 것이다.

왕현석도 알 만큼 큰 문파나 상단, 표국은 흑사방도 건드리지 않았고 주로 대상이 되는 건 적당한 중소 문파 등이었다.

"한두 번 있는 일도 아닌데 웬 호들갑인가. 자네가 알아서 적당히 처리하게. 늘 그랬듯 우리가 불러서 조사할 테니 이만 일들 보라고 하면 될 것을."

지현은 별 걸 갖고 귀찮게 군다는 듯, 친절하게 어떻게 해야 할지도 일러 주었다.

물론 불러서 조사한다는 건 거짓말이었다. 좀 눈치를 봐야 하는 문파나 상단이라면 불러 놓고 심문하는 척 정도는 하겠지만, 지현의 머릿속에 기린표국라는 이름은 없었다. 그 말인즉 별로 신경 쓰지 않아도 된다는 뜻이었다.

"그들이 흑사방 전원을 붙잡아 왔는데 어떻게 그럽니까!"

"뭐라고?"

지현의 눈이 휘둥그레졌다. 흑사방 전원을 붙잡아 왔다고?

"설마 고 방주까지?"

"물론입니다. 팔 하나가 잘려 나가 끔찍한 상태로 지금 포청 앞에 앉아 있습니다."

계 주부가 자신을 놀리기 위해서 이런 말을 할 사람은 아니니 진정인 게 분명했다. 지현의 얼굴이 하얗게 질렸다.

이건 뭔 사달이 나도 난 거였다. 흑사방주가 건드리면 안 되는 거물을 건드린 게 틀림없었다. 그렇지 않고서야 모두 제압돼 끌려왔을 리가 없지 않은가.

그제야 지현이 펄떡 일어나 포청으로 달려갔다.

거드름을 떨며 들어서는 평소와 달리 허겁지겁 안으로 들어가자 상상도 못 했던 모습이 펼쳐져 있었다.

일백의 흑사방도는 전부 어딘가 다친 채로 무릎 꿇려 있었고, 그 주변을 열댓 명의 무사들이 둘러싸고 있었다. 정갈한 흑의 무복을 두른 이들은 검을 소지하고 있지도 않았는데도 기세만으로 이 포청 안뜰을 장악하고 있었다.

그 중 한 명이 지현에게 다가와 인사를 했다.

"이른 아침부터 실례합니다, 지현. 저는 기린표국의 이번 표행을 호위하는 남궁장인가의 기린대주 양명이라고 합니다."

"남궁장인가?"

낯선 이름에 지현의 얼굴이 묘해졌다. 분명 어디서 들어본 것 같기는 했다. 최근에 꽤 떠오르는 곳이라고 들었던 것도 같았다.

아주 실력 있는 대장장이가 있어서 친한 대문파들이 많다는 말을 듣긴 했지만 그래 봤자 대장장이 놈 아니냐고 술판에서 떠들썩하게 웃었던 기억이 났다.

"고작 변방의 세가에서 이 새벽녘부터 지현을 오라 가라 하는 것이더냐?"

지현은 짜증이 났다. 안 그래도 자무군주라는 손님 때문에 신경이 곤두선 상황인데.

짜증을 내는 지현을 본 계 주부가 서둘러 지현의 뒤로 다가가 속닥거렸다.

"왕 지현, 남궁장인가는 섬서 북쪽의 패자라 불릴 만큼 큰 세가입니다. 아무리 무림인이라도 그렇게 함부로 대하시면 안 됩니다."

평소 민생을 살피지 않고 사리사욕을 채우느라 바쁜 왕 지현을 탐탁잖게 생각하던 계 주부였지만, 그래도 자신의 상관이었다.

게다가 그는 어릴 적 화산파가 있는 서안에서 자라 무림에 대해 어느 정도 지식이 있었다.

남궁장인가가 성장한다는 말을 듣고 그에 대한 정보를 조사하기도 했었다.

"게다가 남궁장인가는 그 남궁세가의 방계로, 소가주라는 사람이 엄청난 무력을 갖고 있다고 합니다. 게다가 저 일백의 흑사방도를 고작 열 몇 명이 제압해 데려온 것을 보면 저들의 무력도 상당한 게 틀림없습니다. 부디 고정하시지요."

"끄응……."

남궁세가라는 말에 지현의 태도도 조금 수그러졌다. 구

파일방과 오대세가의 이름값은 그만큼 대단했다.

"좋다. 어디 얘기를 들어 보지. 대체 무슨 일 때문에 이 많은 사람들을 다 끌고 온 겐가?"

"이들은 누군가의 사주를 받고 표물을 빼앗기 위해 저희 표국이 머무는 객잔을 습격했습니다."

"흐음, 그렇군. 계속해 보게."

어차피 무슨 말을 하든 지현은 적당한 핑계를 대고 흑사방을 풀어 줄 생각이었다. 지현의 건성건성한 태도에도 양명은 인내심 있게 말을 이었다.

"습격한 자들을 붙잡아 물어보니, 흑사방과 전 씨가 손을 잡고 저희 표국을 습격하고, 표물을 나눠 갖기로 했음을 알게 됐습니다."

"전 씨가?"

지현의 눈이 가늘어졌다. 아무리 흑사방이라 해도 전 씨를 팔아넘기는 짓은 하지 않을 텐데?

"자네가 지금 무슨 얘기를 하고 있는지 알고 있나? 엄한 사람에게 누명을 씌우면 되레 자네가 고초를 겪을 수도 있어."

지현은 조금 심각해진 얼굴로 으름장을 놓았다. 하지만 이런 것에 움찔할 양명이 아니었다.

"전 씨가 사주했노라고 증언한 것을 많은 주민들이 들었으니 확인해 보셔도 좋습니다."

"대체 전 씨가 뭐가 부족해서 자네들 표물을 습격하나? 그 사람은 이 지역에서 제일가는 부자일세!"

"저희가 운송 중인 것은 그 어떤 사람이라도 탐낼 만한 물건입니다. 중원에서 제일가는 검을 운송 중이니까요. 남궁장인가의 검은 이미 삼 년 치 물량이 예약되어 있어 갖고 싶다고 가질 수 있는 물건이 아닙니다. 습격을 해서라도 구하기만 한다면 아주 좋은 값을 받을 수 있을 겁니다. 게다가 지금 운송 중인 검은 한 자루 당 금 서른 냥에 거래되는 것이니 암거래를 한다면 오십 냥 넘게 받을 수 있겠지요."

양명의 말에 지현은 꿀 먹은 벙어리가 되었다.

양명의 말이 사실이라면 전 씨가 탐을 낼 만했다. 기본적으로 만족이라는 걸 모르는 탐욕스러운 작자니까.

그래도 그간 받아먹은 게 있으니 그를 구명해 주긴 해야 했다.

"알겠네. 흑사방 패거리들을 우리 포두들한테 인도하시게. 우리가 잘 조사해 보겠네. 전 씨도 조만간 불러 조사해 보도록 하지. 돌아가서 결과를 기다리시게."

"저희는 표물을 운송 중이기 때문에 곧 이 지역을 떠나야 합니다. 바로 처리해 주셨으면 합니다만."

"관에는 관의 법도가 있는 법. 이 낙천 지역의 모든 공무가 이곳으로 몰리는데 어찌 자네의 일을 먼저 처리해 달라고 하는가? 안 그래도 일이 많으니 아무리 빨라도 한 달은 걸릴 걸세. 그렇게 알게나."

지현은 제가 어쩔 거냐는 심산으로 거드름을 피웠다.

보아하니 앞으로 낙천 지역을 원활히 다니기 위해서 관을 통해 해결을 보려는 모양인데, 그러면 칼자루는 이 쪽이 쥐고 있는 거나 마찬가지였다.

이 일에만 매달릴 수 없는 자들이니 결국 판결을 기다리다가 흐지부지된다.

좀 지독하게 달려드는 놈들이라면 전 씨에게 얘기를 해서 적당히 돈푼이나 쥐여 주고, 앞으로 건드리지 않겠다고 약속하게 한 후 화해를 시키면 된다.

전자나 후자나 지현으로서는 전 씨에게 한 몫 단단히 챙길 수 있는 기회이긴 했다. 좀 귀찮은 게 흠이지만.

자무군주가 등장한 것은 바로 그 때였다.

"이게 다 무슨 소란인가. 요란해서 잠을 청할 수가 없구나."

자무군주 주예홍은 짜증스러운 목소리와 함께 마당 안을 돌아보았다.

지현은 서둘러 뛰어와 주예홍에게 허리를 꾸벅 숙였다.

"군주, 어찌하여 예까지 나오셨습니까. 별일 아니니 들어가 쉬시지요."

"별일이 아니라니. 이 많은 자들이 피투성이가 되어 무릎 꿇고 앉아 있는데 잘도 별일이 아니로구나."

주예홍은 흑사방 패거리들을 쓱 훑어보곤 그쪽으로 다가 갔다.

그녀는 지난번 남궁혁과 만났을 때보다 훌쩍 자란 상태 였다.

아직 어린 얼굴이 남아 있었지만 전체적으로 황실의 고 귀한 여인다운 고고한 기품이 서려 있었다.

그것은 무인으로서의 기도와는 또 다른 면이라서, 흑사 방 패거리는 물론 지현과 주부도 이 여인 앞에서는 그저 한 없이 작아질 뿐이었다.

허나 양명은 그렇지 않았다. 주예홍을 무시하는 것은 아 니되 그 기품에 짓눌리는 것도 아닌 모습으로 가볍게 시선 을 내리깔고 있었다.

나머지 기린대원들도 마찬가지였다. 자연히 그런 그들에 게 주예홍의 관심이 향했다.

"그래도 제법 줏대가 있는 사내도 있구나. 너의 이름은 무엇이더냐?"

"소인의 이름은 양명이라 합니다."

"그래, 양명. 이게 무슨 일인지 나에게 설명해 줄 수 있겠느냐? 너라면 가감 없이 말을 전해 줄 것 같구나."

양명의 눈이 반짝였다. 상대가 누군지 정확히는 모르겠으나 지현보다 까마득하게 높은 지위의 군주가 있는 건 더없이 좋은 기회였다.

비리를 잔뜩 저지른 지현의 입장에서는 이 일을 제대로 해결해 주지 않을 공산이 크니까.

하지만 그보다 더 높은 지위의 사람이 이 지역의 비리에 대해 알게 된다면 일이 일사천리로 진행될 수 있다.

천천히 민심부터 잡으려고 했는데, 첫 표행에 이런 행운이 따르다니.

양명은 그녀의 마음이 바뀔까 서둘러 입을 열었다.

"예, 군주께 아룁니다. 어찌 된 일이냐 하면……."

"군주, 이 자리는 제가 알아서 하겠습니다. 들어가 쉬시지요. 그저 무뢰배들 간의 다툼일 뿐입니다."

"어허, 내가 궁금하대도."

"들어가 쉬고 계시면 제가 일을 처리한 후 말씀드리겠습니다. 어찌 귀하신 분께서 이런 평민의 말에 귀를 기울이십니까? 군주의 귀를 흐려 놓을 겝니다."

양명이 무슨 말을 할지 모른다는 생각에 지현이 다급하게 주예홍을 말렸다.

갑자기 끼어든 그를 향해 주예홍의 호위무사 란이 매서

운 시선을 보냈다.

순식간에 등골이 오싹해졌지만 그래도 지현이 끼어든 보람은 있었다. 자무군주가 고개를 끄덕였다.

"그도 그렇군. 이 지역의 책임자는 자네니까 자네 말을 듣는 것이 현명하겠지."

그렇게 자무군주가 뒤돌아서려고 할 때, 양명이 품 안에서 뭔가를 꺼내 그녀의 앞에 무릎 꿇었다.

"군주. 부디 저희의 억울함을 들어 주십시오."

"음?"

동그란 옥패. 주예홍은 그것을 알아보았다.

전날 남궁혁이 항주로 향했을 때 함께 동행했던 세 명의 친구, 그중 나태영이 주예홍에게 환상적인 음식을 대접해 남궁혁까지 덩달아 웬 옥패를 받은 적이 있었다.

나중에 세가로 돌아와 조사해 보니 그것은 정강왕과 자무군주만이 가지고 있는 인장으로, 왕부나 황실에서 거의 왕족에 준하는 대접을 받으며 황실령에도 출입할 수 있는 권한을 허락하는 것이었다.

그것을 양명이 내민 것이다.

"이것을 네가 어찌 가지고 있느냐?"

아무리 생각해도 양명이라는 자에게 패를 준 기억이 없는 주예홍이 고개를 갸웃했다.

"제 주인께서 잠시 빌려주신 것입니다. 정강왕부의 자무군주라는 분께 받으셨다고 들었습니다."

"주인이라…… 네 주인의 이름이 어찌 되더냐?"

"성은 남궁, 이름은 혁으로, 섬서 북부 남궁장인가의 소가주이십니다."

"호오, 네가 그의 수하더냐? 어쩐지 눈빛이 예사롭지 않다 싶더니. 내가 바로 그 자무군주 주예홍이다."

주예홍의 말에 양명은 깜짝 놀랐다.

설마 그녀가 남궁혁에게 패를 준 자무군주일 줄이야.

반면 양명이 남궁혁의 수하라는 것을 알게 된 주예홍의 눈빛이 부드러워졌다.

남궁혁과 관련해서는 여러모로 좋은 기억이 많았다.

소녀 시절 만났을 때는 그럴싸한 음식을 대접받았고, 훗날 다시 만났을 때는 실력 있는 숙수를 소개받았다.

주예홍의 끈질긴 설득 덕에 나태영은 곧 공동파와 정강왕부의 친분을 위해 왕실 숙수로 파견될 예정이었다.

거기에 남궁혁 덕분에 정강왕부가 그토록 찾으려고 노력했던 천마신녀 주아흔의 신병도 확보했다.

남궁혁의 덕을 본 일이 많으니 자연 남궁혁의 부하라는 양명에게도 호의적이 될 수밖에 없었다.

남궁혁이 자무군주를 만날 거라고 예상해서 그 패를 양

명에게 빌려준 것은 아니었다.

주예홍이 황제의 큰 사랑을 받고 있고, 그 사실을 모르는 관리가 없으니 혹 관과 문제가 생겼을 경우 도움이 될지도 모르기에 맡긴 것이다. 정강왕부의 표식을 갖고 있는 자를 함부로 대하진 않을 테니까.

"이자의 말은 들어봄 직하겠군. 주인 된 자의 심성이 괜찮으니 수하 또한 그러하겠지. 무슨 얘기인지 다 실토해 보아라."

"저도 저지만 밖에 더 억울한 일을 당한 이가 있습니다. 실은 저희의 일도 그자와 연관이 있기 때문에 일어난 것입니다."

"호오, 그래? 그렇다면 그자를 데리고 와 보거라."

양명이 고갯짓하자 뒤에 서 있던 기린대원이 밖으로 나가 아린의 아버지를 데리고 왔다.

소소객잔의 주인인 그를 보자 지현의 얼굴이 눈에 띄게 굳어졌다.

전 씨가 미주객잔을 손에 넣기 위해 어떤 짓을 했는지, 그리고 아란이라는 어린 계집을 손에 넣기 위해 그 가족을 어떤 곤경으로 몰아넣었는지 지현은 아주 잘 알고 있었다.

계집들의 할아버지라는 자가 관에 계약 문건의 사본이 있다며, 예전에 없던 조항이 새로 생겼으니 확인해 달라고 쫓아왔을 때 저 아비도 지겹도록 찾아왔었으니까.

그때마다 어디 관의 문서를 함부로 보려 하느냐며 내쫓았고, 한동안 안 찾아오기에 거의 까맣게 잊고 있었는데.

"그래, 네가 억울한 일을 당한 백성이더냐?"

"예, 그렇습니다."

아린 아버지는 어제의 무력한 기색은 어디가고 일견 비장해 보이는 얼굴로 주예홍의 앞에 무릎을 꿇었다.

"나는 잠시 이곳에 머무르는 처지요, 신분은 일개 군주이나, 폐하의 백성이 합당치 않은 억울한 일을 겪었다면 힘써 보는 것이 도리이니 어디 한 번 구구절절 털어 놓아 보거라."

주예홍이 일견 자애로운 미소를 띠며 아린의 아버지를 내려다보았다.

그 말에 아린 아버지는 감읍하며 연신 머리를 조아리고는 자신이 당했던 일을 하나도 빼놓지 않고 낱낱이 고했다.

거기에 더해 흑사방이 자신들을 음해할 의도로 기린표국을 습격했을 거라는 말까지 덧붙였다.

객잔에 투숙한 손님이 습격을 당했다는 소문이 돌면 누가 그 객잔을 방문하겠는가.

아린 아버지의 말이 이어질수록 지현의 얼굴이 새하얗게 질렸다.

이러다가 자기까지 얽혀 들어가는 건 아닐까 조마조마하기 짝이 없었다.

전 씨와 지현의 유착 관계는 지나치게 깊고 단단했다. 그 말인즉, 조금만 파 봐도 지현의 비리를 알 수 있다는 뜻이었다.

웬만한 감찰사라면 뇌물을 먹이든 미녀를 갖다 바치든 눈감아 달라고 통사정을 할 수 있을 텐데, 자무군주에겐 그런 것도 어림없었다.

그렇게 지현의 간이 콩알만 해질 때쯤 아린 아버지가 말을 마쳤다.

"흠, 그렇구나. 너의 사정이 참으로 안되었다. 대대로 운영해 온 객잔에서 쫓겨나다시피 한 데다, 어린 딸을 빼앗기고, 삿된 누명까지 쓰다니. 그동안 참으로 억울하였겠구나."

하지만 자무군주의 얼굴은 썩 밝지 않았다.

"……허나, 전 씨가 사기를 쳤다는 증거를 찾을 수 없으니 네 말을 곧이곧대로 믿어 줄 수가 없구나. 내 앞에서 거짓을 논할 것 같지는 않으나, 아무런 증거도 없이 전 씨를 처벌할 수는 없음이야. 그 또한 폐하의 백성이니 내가 어찌 함부로 벌할 수 있을까."

"하지만 제 말은 모두 진실입니다!"

아린 아버지가 항변했지만 어쩔 수 없었다. 양명도 어느 정도는 예상한 결과였다.

자무군주가 등장해 상황이 조금 유리하게 흘러가지 않을까 기대했지만 쉽지는 않을 것이라고.

"그만 그 입을 다물거라! 어느 안전에서 계속 거짓을 고하느냐!"

콩알만 해졌던 간이 다시 빵빵하게 부풀어 오른 지현이 아린 아버지를 향해 크게 호통쳤다.

그간 받아먹은 뇌물을 다 토해 내는 것은 물론이요, 파직에 옥살이, 심하면 귀양까지 가야 할 것이라고 생각했던 그는 신이 나서 아린 아버지에게 삿대질을 해 댔다.

"내 그 건에 대해 몇 번이나 검토를 마쳤느니라! 네 아비가 갖고 있던 계약서 또한 십 년 조항과 위약금 조항이 적혀 있는 걸 빤히 보았거늘!"

"분명 누군가 잠입해 바꿔치기한 것이 틀림없습니다! 낙인도 새로 찍혀 있었단 말입니다!"

자무군주는 눈앞의 두 사람이 싸우는 모습을 보며 앓는 소리를 냈다.

남궁혁의 수하와 얽힌 일이라기에 도움을 주고 싶었는데, 아무리 그래도 증거 없이 전 씨를 처벌하는 건 공정치 못했다.

그때, 조용히 뒤에 서 있던 계 주부가 주예홍에게 허리를 숙였다.

"군주. 드릴 말씀이 있습니다."

"음? 무슨 말을 말이더냐?"

"실은 제가 그 증거를 가지고 있습니다."

조곤조곤한 목소리였지만 그 말은 그 자리에 있는 모두의 귀에 벼락처럼 떨어져 내렸다.

아린 아버지의 눈이 번뜩 떠졌고 양명은 눈을 반짝였다.

그리고 지현은 믿을 수 없다는 눈빛으로 입을 쩍 벌리고 주부를 바라보았다.

"호오, 그것은 또 무슨 말인고. 소상히 얘기해 보거라."

"아까 소소객잔의 주인이 말한 그 재료 납품 계약 당시, 전 씨는 관에도 계약서 한 부를 제출했습니다. 이 지역에서는 상당히 큰 거래였고, 주인의 아비 되는 전대 객잔주가 전 씨를 믿지 못했기에 그리했지요. 그 계약서에는 십 년 조건과 위약금 조항이 없습니다."

지현은 계 주부를 노려보며 온몸을 부들부들 떨었다. 분노로 인해 당장이라도 게거품을 물고 쓰러질 것 같았다.

"무슨 헛소리냐! 그런 계약서가 관에 있을 리가 없다! 분명 내가 파쇄하라고 지시를—"

지현은 아차 하며 입을 다물었다. 자무군주의 싸늘한 시선이 지현을 향했다. 계 주부는 지현이 뭐라고 하건 아랑곳 않고 말을 이었다.

"있습니다. 지현께서 파쇄를 명령하셨을 때, 제가 따로 안전한 곳에 보관해 두었습니다."

"그것을 왜 이제야 실토하는 것이냐?"

자무군주의 물음에 계 주부가 무릎을 꿇고 머리를 박았다. 그리고 간절하게 그녀에게 부탁했다.

"군주께서 방금 전 들으셨다시피, 관과 전 씨, 그리고 여기 있는 흑사방은 전부 한통속입니다. 이들 외에도 이 지역 전체가 그렇습니다. 저 혼자서는 도저히 옳은 일을 실행할 수 없어 증거를 가지고도 그저 방관할 수밖에 없었습니다. 하지만 이제 공정하고 사려 깊으신 귀인께서 오셨으니, 부디 이 일에 대해 낱낱이 파헤쳐 주셨으면 합니다."

"네가 알고 있는 저 지현의 비리가 그것 말고도 더 있는가?"

"물론입니다."

"있는 대로 낱낱이 고해 보거라."

"예, 군주."

주예홍의 말이 떨어지기 무섭게 계 주부는 자신이 알고 있는 모든 비리에 대해 늘어놓기 시작했다.

그 횟수와 규모가 일개 지역의 지현이라고 하기에는 상

상도 못할 정도였기에, 계 주부의 말이 이어질수록 자무군주의 얼굴은 싸늘하게 식어 갔다.

"감히 폐하께서 내린 녹봉을 받으며 백성의 고혈을 빨아먹다니, 고얀 놈이로다!"

결국 자무군주는 더 들을 필요도 없다는 듯 계 주부의 말을 자르고 크게 호통을 쳤다.

"아이고, 군주. 제가 잘못했습니다. 한 번만 용서해 주십시오!"

"닥쳐라! 란, 이 자를 포박해라!"

주예홍과 마찬가지로 표정이 썩어 가던 란이 순식간에 움직였다.

근처에 있던 포쾌의 허리춤에서 순식간에 오랏줄을 빼낸 그녀는 지현의 오금을 걷어차 무릎 꿇린 후, 빠르게 그를 칭칭 묶어 버렸다.

"너는 백성을 괴롭힌 죗값을 단단히 치를 것이다. 내 친히 폐하께 상소를 올려 네 죗값에 대해 여쭙겠다."

자무군주는 지현을 향해 차갑게 내뱉은 후, 양명을 바라보았다.

"양 대주. 내 한 가지 부탁을 해도 되겠는가?"

"부탁이라니, 당치도 않습니다. 저희가 무림인이라고는 하나 역시나 폐하의 백성. 필요하신 일이 있다면 얼마든지

하명해 주십시오."

양명은 오체투지가 아닌 포권을 취하는 것으로 예를 표했다.

말로는 황제의 백성이라고 했지만 그래도 자신의 주인은 남궁혁뿐이었으니까. 자무군주는 이해한다는 듯 별 토를 달지 않았다.

"가서 전 씨라는 자와 그 식솔들을 전부 포박해 오라. 필요하다면 여기 있는 포쾌들이라도 내주겠다만, 이자들도 비리와 관련이 있을 거 같아 꺼림칙하군."

"밖에 저희 표국의 표사들 스무 명 남짓이 기다리고 있습니다. 전부 세가에서 무공을 수련하는 이들이므로 민간인을 제압하는 데는 문제가 없을 것입니다."

"좋다. 대신 란을 빌려주겠노라."

주예홍이 눈짓하자 그녀의 호위무사 란이 양명의 옆으로 다가왔다.

양명은 감사를 표하고는 그대로 신형을 날렸다. 전 씨의 집 위치에 대해서는 이미 아린 아버지에게 들은 바가 있었다.

*   *   *

낙천 지역을 주름잡던 전 씨 일가의 집은 순식간에 쑥대밭이 되었다.

양명이 이끄는 기린대와 기린표국의 표사 서른 명, 그리고 자무군주가 빌려준 그녀의 호위무사 란은 빠르게 전 씨 집안의 사람들 전원을 제압했다.

그 수많은 사람들을 전부 오랏줄로 묶을 수는 없었기에 기린대와 란은 전 씨 일가의 혈도를 제압하는 방법을 사용했다.

제압한 이들은 기린표국의 표사들이 한 자리에 모아 두는 방법을 택했다.

전 씨 일가의 입장에서는 갑자기 마른하늘에서 벼락이 떨어진 격이었다.

이백에 달하는 식솔들이 전부 제압되어 마당에 모인 것은 기린대가 들이닥치고 반 시진 후였다.

양명은 그들 중 한 명에게 다가가 물었다.

"그대가 부호 전 씨인가?"

귀티 나는 옷을 입고 있는 중년의 사내, 전 씨는 필사적으로 고개를 저었다.

이게 대체 무슨 상황인지는 모르겠지만 그들이 찾는 부호 전 씨가 자신이라는 것을 밝혀서 하등 좋을 것이 없어 보였다.

양명은 고개를 끄덕이고 그 옆의 사람에게 똑같이 물었다. 하지만 당사자가 아니라고 고개를 저었으니 그들 중 전 씨가 있을 리 없었다.

"전원을 다 데려가야 하나."

양명이 곤란한 듯 중얼거렸다. 아무래도 양명이 물은 이들 중 한 명이 거짓을 말한 것 같은데 가려낼 재간이 없었다.

이들 전부 전 씨의 사람이니 한 명을 지목하라고 해도 말을 듣지 않을 것이고.

무력을 써야 할까 고민하던 차에 양명의 눈에 한 여인이 들어왔다.

귀한 옷을 입었으나 그 낯이 파리하고 아픈 기색이 역력한 여인이었다.

여인이라고 부르기 다소 애매한 나이의 소녀. 양명은 그녀가 누구를 닮았는지 눈치챘다. 돌을 던졌던 작은 아이, 아린과 닮았다.

"소저가 아란 소저입니까?"

양명은 그녀에게 다가가 아혈을 풀고 물었다. 그러자 그녀가 조심스럽게 입을 열었다.

"예, 그렇습니다만……."

"우리는 아린의 부탁을 받고 온 사람들입니다. 소저의 아버지가 청원하여 높으신 분께서 전 씨를 처벌 하겠다 하셨습니다."

오매불망 그리워해 왔던 여동생의 이름에 아란의 눈에서 경계심이 사그라졌다. 그것을 확인한 양명이 재차 물었다.

"이들 중 전 씨가 누군지 우리에게 가르쳐 줄 수 있겠습니까?"

순간 아란의 눈에 갈등이 서렸다.

그녀의 얼굴에는 전 씨에 대한 본능적인 두려움이 새겨져 있었다. 얼마나 모진 고초를 당했으면 저렇게 두려운 얼굴을 할까.

양명은 강요하지 말고 그냥 어떻게 해서든 이 인원 전부를 관으로 끌고 갈까 고민했다.

그러나 양명이 고민하는 사이 아란은 이를 악물고 한 사람을 가리켰다.

"저 사람, 저 사람이 전 씨예요!"

양명이 눈을 빛냈다. 아까 그가 맨 처음 물어봤던 중년 사내였다.

모든 혈을 제압당했지만 귀로 들을 수는 있었기에, 그는 움직일 수 있는 몇 안 되는 부위로 온갖 몸부림을 쳤다. 그래 봤자 흙바닥을 긁는 수준 밖에 안 됐지만.

양명은 그를 보면서 눈살을 찌푸렸다.

"끝까지 거짓말을 하는 작자군. 이자를 끌고 가자."

양명의 말에 기린대가 빠르게 움직였다.

그 외에 전 씨의 측근 몇몇을 아란이 골라 주었다.

기린대가 그들을 관아로 끌고 가고, 표사들은 남은 이백 여 명의 식솔들을 감시하기로 했다.

*　　　*　　　*

관아 앞에는 소문을 들은 사람들이 바글바글하게 모여 있었다.

흑사방 패거리가 잡혀 들어갔다는 소문에 이어서 전 씨 일가까지 의문의 무리들에게 제압당했다는 소식이 전해진 탓이었다.

하지만 안에서는 별다른 소리가 들리질 않아 긴가민가하던 중, 기린대가 전 씨와 그의 측근들을 끌고 관아 앞에 도착하자 사람들은 순식간에 흥분의 도가니에 빠졌다.

"세상에, 진짜 전 씨 아니여?"

"그러게 말이야. 대체 무슨 일이래?"

"뭐긴 뭐겠소. 드디어 저놈들도 천벌을 받을 때가 온 거지."

초립을 쓴 사내가 꼴좋다는 듯 침을 퉤 뱉으며 말하자 옆에 있던 농부가 화들짝 놀랐다.

"예끼, 이 사람아! 그런 말 함부로 하지 마소. 언제 그랬냐는 듯 풀려날 텐데. 함부로 말했다가 나중에 된통 당하고 싶소?"

"된통 당하긴. 당하는 건 저놈들일 거요. 지금 전 씨를 끌고 안으로 들어간 사람들이 누군지 알긴 하오?"

"대체 저들이 누군데 그러시오?"

"저자들에 대해 잘 압니까?"

초립 사내의 말에 사람들이 순식간에 그 옆으로 몰려들었다.

소소객잔 앞에서 있었던 흑사방과의 일도 이미 퍼질 만큼 퍼져 나간 상태였다.

자연 갑자기 나타난 무사들에 대한 관심이 커질 수밖에 없었다.

"저들이 바로 남궁장인가의 기린대라오. 남궁장인가 쪽에 일 때문에 몇 번 가 볼 일이 있어서 기린표국이 건 깃발을 알아보았지."

초립 사내는 젠체하며 말했다. 하지만 평범한 민간인들이 남궁장인가라는 이름을 들어 봤을 리가 없었다.

"대체 거기가 어디요?"

"거 소식들 어두우시구만. 섬서 북쪽에 아주 대단한 무림

세가가 나타났다는 말도 못 들어 봤소?"

"그거야 무사님들 사정이지 우리와 무슨 관련이 있다고?"

"허허, 이러니 전 씨가 활개를 치고 살았지. 그리 귀를 막고 사니 쯧쯧…… 거 몇 년 전에 북쪽에서 소작을 저렴하게 놓는다 하여 시끌벅적했던 거 기억나시오?"

"아아, 그거라면…… 분명 사기라는 소문이 돌았던 거 같은데."

"맞아, 맞아. 저렴하게 준다고 해 놓고 정작 나중에 가서는 노비나 다름없이 부려 먹는다고 들었어."

초립 사내가 거듭 혀를 찼다. 그는 날품팔이라 낙천 지역에 연고를 둔 게 아니라서 이 지역이 이 정도로 전 씨의 손아귀에 있을 거라곤 생각도 못 했었다.

"그거 다 헛소문이요. 남궁장인가는 아주 공정하게 소작을 주는 데다가 지역 사람들이 잘 먹고 잘 살 수 있도록 치안도 관리해 주고, 지역의 민생을 위해서 아낌없이 투자를 한다오. 나도 언젠가 정착을 한다면 꼭 그 근처에 자리를 잡고 싶으니까."

"그, 그게 사실이오?"

"그렇다니까? 게다가 그 세가의 무력을 대변하는 것이 바로 저 기린대라오. 남궁장인가 사람들은 올곧고 청렴하기 그지없으니 저들에게 걸린 이상, 전 씨도 된통 당할 거요."

"그래도 전 씨가 그리 빤히 당하려고……."

사람들은 초립 사내의 말에도 회의적으로 중얼거리며 다시 관아 문 쪽으로 고개를 돌렸다.

하지만 그들의 눈동자에는 일말의 기대가 서려 있었다.

*　　　*　　　*

그렇게 사람들이 기대 반, 체념 반으로 관아 문 너머의 상황을 궁금해할 즈음.

전 씨는 자무군주의 앞에서 눈물을 흘리며 읍소하고 있었다.

"군주, 소인은 억울하옵니다!"

"네 무엇이 억울하단 말이더냐?"

주예홍은 원래 지현이 앉는 자리에 앉아 전 씨를 내려다보고 있었다.

전 씨는 그 비싼 옷가지가 찢어지고 흙먼지가 묻어 지저분해진 채로 마당에 무릎 꿇려 있었다.

그 옆에는 지현과 흑사방 방주가 나란히 꿇어 앉아 있었다.

전 씨가 끌려오기 전까지 하도 쓸모없는 거짓말을 해 대는 바람에 주예홍이 친히 그들의 아혈을 제압해 놓은 상태였다.

"내 이미 정황을 다 파악하였다. 네 녀석이 지현을 비롯해 이 지역 관리들과 너절한 흑도들에게 뇌물을 준 내역이 전부 여기 있노라."

주예홍은 옆에 수북이 쌓인 문서 더미를 툭툭 치며 전 씨를 을러댔다.

바로 계 주부가 그동안 몰래 기록해 왔던 뇌물에 관련된 장부였다.

흑사방이 받은 뇌물에 대해 추적한 자료도 한가득 있었다.

이 지역의 실무를 전부 담당하는 이였기에 가능한 작업이었다.

자무군주는 전 씨가 잡혀 오기 전 계 주부가 집에 보관해 났다가 가져온 자료를 일일이 다 확인하고 그때마다 분노를 터트렸다.

"감히 관과 손을 잡고 민생을 어지럽히다니, 그 죄가 너무나 깊도다. 네 녀석은 절대 참형을 면치 못할 것이다!"

자무군주의 호령이 떨어지자 전 씨는 얼굴이 새하얘졌다.

정말 씨알도 안 먹힐 상대에게 걸렸다는 사실을 깨달은

것이다.

그 모습을 본 주예홍이 오만상을 찌푸렸다.

"여봐라, 저것들을 당장 하옥하라. 더는 꼴도 보기 싫구나!"

주예홍의 명에 몇몇 포쾌들이 조심스럽게 나섰다.

그들도 지현만큼은 아니어도 전 씨에게 받아먹은 것이 있었다.

하지만 지금 돌아가는 상황을 봐서는 빨리 자무군주의 말을 듣고 용서를 빌어야 큰 벌을 피할 수 있을 것 같았다.

상황 판단을 끝낸 포쾌들에 의해 전 씨와 지현, 그리고 흑사방주와 흑사방 패거리들은 감옥으로 끌려갔다.

그들이 끌려가는 모습을 보며 재회한 아린, 아란 부녀는 서로를 부둥켜안고 눈물을 뚝뚝 흘렸다.

다시는 못 볼 줄 알았던 가족과 재회한 데다가 절대 불가능할 거라고 여겼던 복수가 성공한 것이다.

자무군주가 그런 그들을 보곤 자신의 앞으로 불러냈다.

"그래. 너희들의 억울한 일을 없던 일로 할 수는 없겠으나, 억울히 빼앗겼던 것은 돌려주겠노라. 계 주부."

"예, 군주."

"이들이 원래 갖고 있던 객잔을 돌려받을 수 있도록 하라. 다른 일보다 가장 우선적으로 처리하도록."

"예, 알겠습니다."

계 주부가 고개를 숙였다. 그동안 전 씨와 지현의 비리를 추적하여 기록한 것을 차치하고서라도 공무적으로 아주 훌륭한 인재였다.

자무군주는 지현의 벌을 처리하면서 동시에 그 자리를 계 주부에게 주어야겠다고 생각했다.

"그리고 그대들의 공을 치하하지 않고 넘어갈 수는 없지."

주예홍의 시선이 한쪽에 시립해 있는 양명과 기린대를 향했다.

"그대들이 아니었다면 나는 아무것도 모른 채 낙천을 벗어날 뻔하였구나. 장님의 눈을 틔운 격이니 그만한 보상을 해야 할 터. 원하는 것이 있다면 무엇이든 말해 보아라. 내 재량으로 해결할 수 있는 것이라면 얼마든지 주마."

자무군주의 말에 기린대원들이 깜짝 놀랐다.

황족이 이 정도로 말한다면 그야말로 엄청난 것을 받을 수 있었다.

절세의 무공 비급이나 영약 등도 무리한 청은 아니었다.

분명 자무군주가 자신의 재량 안이라면 무엇이든 들어준다고 했으니까.

대체 어떤 것을 달라고 할까. 기린대원들은 기대 어린 눈으로 자신들의 대주를 바라보았다. 양명은 포권을 취하며 입을 열었다.

"저는 달리 원하는 것이 없습니다."

"허어, 겸양도 이런 경우에는 지나치다. 거절치 말고 말해 보거라."

"정말 바라지 않습니다. 달리 부족한 것이 없는데 더한 것을 받는다면 그것은 과한 것이 될 것입니다."

"그래서 감히 군주의 은혜를 거절하겠다?"

주예홍의 말투가 날카로워졌다. 양명의 주인인 남궁혁도 자무군주의 앞에서 이런 식으로 말하지는 않았었으니까. 하지만 양명의 말은 끝난 게 아니었다.

"소인들은 부족한 게 없으니, 만약 상을 내리길 바라신다면 제 주인께 내려 주시길 바랍니다."

"남궁혁, 그에게?"

"예. 그분께서는 저희와 달리 큰 뜻을 품고 있고, 이를 위해 절치부심하시니, 군주의 은덕이 훨씬 더 필요하실 겁니다."

주예홍은 속으로 감탄했다. 황제를 모시는 금위군 중에서도 이만한 충성심을 보이는 이는 드물었다.

아무리 주군을 위한 충심이 있다고 해도 개인의 영달을 탐하는 마음이 없지 않을 텐데.

"그래, 좋다. 안 그래도 내 여기 머물렀던 이유가 남궁장인가를 찾아가기 위함이었으니. 그를 만나 원하는 것을 물어보도록 하지."

"무리한 청을 들어주셔서 감사드립니다, 군주."

"너희들은 표행 중이라 하였지. 여기 일은 내 알아서 처리하마. 이곳의 일을 처리한 후에나 남궁장인가에 갈 수 있겠구나."

자무군주는 이런 일은 별로 좋아하지 않는다고 투덜거렸다.

그래도 그녀가 일을 맡는다면 전 씨와 지현에 대한 처리는 크게 걱정하지 않아도 될 것 같았다.

*   *   *

자무군주가 전 씨의 식솔들을 비롯해 비리를 저지른 하급 관원들까지 전부 감옥이 미어터질 듯 집어넣은 후, 기린대는 다시 소소객잔으로 향했다.

다시 표행을 떠나기 위해서 아침부터 일을 서둘렀지만, 자무군주를 돕느라 시간이 많이 지체되었다.

객잔에 도착하니 벌써 어두컴컴한 밤이 되었기에, 양명은 다음날 표행을 떠나기로 결정했다.

"대협! 어서 오십시오!"

얼굴이 환히 밝아진 아린의 아버지가 양명과 기린대를 맞이했다.

그의 입에서 나온 '대협'이라는 말에는 진심이 담겨 있었다.

어린 시절 전래 동화처럼 듣던 무림 세상의 의롭고 협을 실천하는 대협.

기린표국의 깃발을 든 양명이 그에게는 진정한 대협이었다.

"어서 와!"

"아린아, 어서 오세요 해야지."

아린과 아란 자매 또한 더할 나위 없이 행복하게 웃으며 그들을 맞았다.

여전히 야윈 아란의 모습에서는 그동안 고초가 심했던 티가 났지만, 앞으로 가족들과 행복하게 산다면 곧 좋아지리라.

"곧 오실 것 같아서 음식을 준비해 두었습니다. 식사를 하시지요."

아린 아버지는 마치 잔치라도 하는 것처럼 엄청난 양의 음식을 준비한 식탁으로 그들을 안내했다.

안 그래도 하루 종일 뛰어다니느라 피곤했던 기린대원들

은 양명의 허락이 떨어지자 바로 착석해 음식을 입에 넣기 시작했다.

"대협, 제가 한 잔 올려도 괜찮으시겠습니까?"

아린의 아버지는 웬 술병을 들고 와 양명에게 술을 권했다.

양명이 고개를 끄덕이자 술잔에 그윽한 빛과 은은한 향을 지닌 술이 채워졌다.

양명은 그게 뭔지 곧바로 눈치챘다. 미주객잔 앞 거리에 흘러넘치던 향기로운 향의 주인공, 감로주였다.

"아버지께서 마지막으로 남기고 가신 미주입니다. 대협께 꼭 드리고 싶었습니다."

"이런 것을 대접받다니 참으로 영광이군요."

"가실 때 괜찮으시다면 한 병 가져가시지요. 대협의 주인 되시는 남궁장인가의 소가주께도 꼭 맛보셨으면 좋겠습니다."

양명은 부드럽게 미소 지었다. 아까 양명과 자무군주가 나눈 대화를 듣고서 이러는 모양이었다.

"진심으로 감사드립니다. 소가주께서도 무척 좋아하실 겁니다. 그보다 드릴 말씀이 있는데, 잠시 앉으시겠습니까?"

양명의 말에 아린 아버지가 의아해하며 자리에 앉았다.

양명이 할 말이란 건 대체 무엇일까? 설마, 아란을 자신의 첩으로 달라는 건가?

가능성이 있는 얘기였다. 아무리 전 씨의 첩이었다고는 하나 정식으로 혼인을 한 것도 아니었고, 거리에 돌아다니는 무림의 이야기들을 보면 그런 '대협'들은 꼭 구해 낸 여인을 원하지 않던가. 아란의 미모가 그만큼 뛰어나기도 하고.

이미 한 번 전 씨의 여인이 된지라 다른 이들은 아란을 꺼려할 테니, 심성이 곧아 보이는 양명에게 후처로라도 간다면 아린 아버지는 망설일 것이 없었다.

그러나 정작 양명의 입에서 나온 얘기는 전혀 다른 얘기였다.

"괜찮으시다면 남궁장인가의 보호를 받으시는 건 어떻습니까?"

"예? 그게 무슨 말이신지……."

아린 아버지가 놀란 사이, 양명은 차분하게 자신의 생각을 말했다.

"객잔을 다시 돌려받게 되셨지만, 그만한 객잔을 다시 운영하시는 건 힘들 겁니다. 자무군주께서 그간의 빚을 탕감해 주신다곤 해도 객잔을 운영하는 데는 또 큰돈이 들지 않습니까. 당장 미주객잔을 정상화시키시는 건 많이 힘들 겁니다."

"예, 대협의 말이 맞습니다."

"그리고 표국들은 자주 지나다니는 지역에 정기적으로 머무는 객잔이 있기 마련이지요."

여기까지 얘기하자 아린의 아버지도 양명이 무슨 얘기를 하는지 알 수 있었다.

미주객잔을 기린표국의 전용 숙소로 계약하길 원하는 것이다.

큰 표국과 거래한다는 것은 여러모로 장점이 많았다.

표국들은 그 뒤에 무림 문파를 업고 있는 경우가 많다.

그러니 그 표국이 정기적으로 머물고 있다는 증거인 깃발을 내거는 때부터 객잔은 표국과 그 뒤에 있는 문파의 보호를 받는다는 뜻이 되는 것이다.

제대로 된 표국을 꾸리려면 그 문파의 규모도 상당해야 하기 때문에 자연적으로 중견문파 이상의 보호를 받게 되는 셈이었다.

무림문파의 보호를 받는다는 건 생각 이상으로 실익이 많았다.

어중이떠중이 왈패들이 감히 건드릴 엄두도 못 내게 하는 효과는 물론이요, 가끔 큰 문제를 일으키는 떠돌이 무사들까지 꼼짝 못하게 할 수 있으니까.

왈패들이야 적당히 어르고 달래면 되지만, 떠돌이 무사는 잘못 수틀리면 목숨까지 위협할 만큼 위험했다.

무림 문파들이 세력을 넓히는 주요한 수단이기도 했기에 서로서로 이득이 되는 거래였다.

"저야말로 대인께서 제 객잔에 머물러 주신다면 더할 나위 없는 영광입니다."

"그래서 말인데, 일단 일 년 치 숙박료를 미리 지불하고 싶군요."

"예? 아니 그게 무슨 말씀이십니까, 대인! 저를 그리도 의리 없는 사람으로 보시는 겁니까? 제가 어찌 기린표국 분들께 돈을 받겠습니까!"

아린의 아버지가 팔짝 뛰었다. 세상에, 은인에게 돈을 받다니!

양명과 기린표국이 그에게 해 준 것은 천금으로도 다 갚지 못할 은혜였다.

당연히 그는 기린표국이 계약을 제의하지 않더라도 언제든 들러 달라고, 돈 한 푼 받지 않겠다고 청할 생각이었다.

격한 반응에 양명은 웃으며 설명을 이어 갔다.

"진정하시고 제 말을 들어 보십시오. 저희 주인께서는 공정한 값을 치르는 것을 무엇보다 중요하게 여기시는 분입니다. 만약 객잔에 돈도 안 내고 머물렀다고 하면 직접 오셔서 두 배 값을 더 치러 주고 가실 분이십니다."

"그, 그렇지만……."

"게다가 이번 일은 저희가 습격을 당했기 때문에 나선 것이기도 하니, 크게 부담 갖지 마셨으면 합니다."

양명의 말도 옳았기에 아린 아버지는 더 이상 할 말이 없었다.

게다가 값을 치르지 않으면 주인이라는 이가 두 배 값을 더 치르러 올 거라니!

양명도 대협이라는 말이 아깝지 않을 정도인데, 그가 이토록 성심을 다해 모시는 남궁혁이라는 사람은 대체 어떤 대인인 걸까?

아린 아버지가 남궁혁이 어떤 사람인지 대해 궁금해하는 동안, 양명은 품 안에서 전낭 하나를 꺼냈다. 그리고 그 안에서 금편 다섯 개를 꺼내 건넸다.

"아니, 대인. 이건 너무 많습니다."

"아닙니다. 우리 표국은 이제 막 문을 연지라 표행이 얼마만큼 늘어날지 계산이 어렵습니다. 또 저희는 반드시 낙천을 지나가야 다른 곳으로 갈 수 있으니, 표국의 모든 표행은 미주객잔에 머물게 되겠지요. 어쩌면 그것도 부족해서 더 드리게 될지도 모릅니다."

아린아버지는 손바닥 위에 놓인 금편 다섯 개를 보며 말을 잃었다.

이 돈이면 미주객잔을 다시 운영하는 데 전혀 문제가 없다.

고개를 들자 양명이 부드러운 미소를 짓고 있었다.

양명이 그거까지 생각해서 선금을 준 것이 분명했다.

"소인 이 은혜를 어찌 갚아야 할지 모르겠습니다…… 약소하나 객잔에 머무시는 기린표국의 분들, 그리고 남궁장인가 분들께는 최선을 다하겠습니다."

진심 어린 말에 양명은 물론 기린대와 기린표국의 사람들이 모두 아린 아버지를 돌아보았다.

남궁장인가에 들어오면서 모두들 한 번씩 거쳤던 감화의 순간.

지금부터 아린 아버지와 그 가족들은 진정으로 남궁장인가의 가족이 된 것이나 마찬가지였다.

＊　　　＊　　　＊

이튿날.

낙천 지역에는 관아를 비롯해 사람들이 모이는 모든 곳마다 방문이 빼곡하게 붙었다.

글을 아는 사람들은 그 길디긴 방문을 읽느라 여념이 없었고, 글을 못 읽는 사람들은 식자의 옆에 붙어 대체 무슨 내용인지 알려 달라고 사정을 하고 있었다.

"……그래서 동쪽 천 씨 네가 망한 것도 다 전 씨 탓이었다네. 천 씨가 얼마나 좋은 사람이었는데, 천벌을 받을 놈 같으니라고!"

"세상에, 그러면 혹시 예전에 윤 주부 일도 전 씨 소행이었나?"

"잠시만 기다려 보시게. 어디 보자…… 그래, 여기 있군. 윤 주부 때는—"

전 씨의 횡포를 고발한 방문은 너무나 길어서 전부 읽으려면 반나절이 걸릴 정도였다.

그 고발 내용과 관련되어 억울한 일을 당한 이는 내역을 살펴보고 합당한 보상을 하겠다 하여 관아 앞에는 수백 명이 길디긴 줄을 섰다.

그 긴 줄의 옆에는 전 씨에게 뇌물을 먹은 이들과 비리를 저지른 자들이 생선처럼 오랏줄에 묶여 호송되고 있었다.

얼마나 오랜 세월 동안 이 지역에서 횡포를 부렸는지 잘 알 수 있는 모습이었다.

특히나 많은 사람들이 모여 있는 방문은 바로 미주객잔과 아린 부녀에 관한 고발문이었다.

이번 일의 계기가 된 데다가 대부분의 사람들이 알고 있는 유명한 얘기였으니까.

"세상에, 악독하기도 하지. 그게 전부 전 씨의 수작질이었다니……."

"우리가 소소객잔을 오해했군."

"우리 이러지 말고 사과하러 갑시다!"

"그럽시다!"

누군가의 선창에 사람들이 떼 지어 소소객잔으로 향했다.

그동안 전 씨의 횡포에 놀아나 소소객잔을 욕하면서도 평소 알고 있던 주인장의 심성 때문에 마음속 한구석에는 의아함이 남아 있었던 탓에 그들의 걸음은 빨랐다.

그런데 뭔가 좀 이상했다. 소소객잔이 비록 점소이 하나 없이 주인 혼자 운영하는 작은 객잔이라고는 하나, 아침마다 마당을 열심히 쓸고 닦으며 문을 활짝 열어 놓는 객잔이었다. 그런데 오늘은 이상하게 문이 꽉 닫혀 있었다.

"주인장을 찾아오셨소?"

객잔 주변의 주민이 그들을 보고 말을 걸었다.

"예, 그런데 대체 주인장은 어딜 간 겁니까?"

"이 사람들, 소문이 느리구만. 미주객잔으로 가 보시오."

"미주객잔으로요?"

"아, 맞아! 어제 주인장이 다시 미주객잔을 돌려받았다는 얘기를 들었네!"

누군가의 외침에 사람들은 다시 미주객잔이 있는 번화가 쪽을 향해 움직였다.

저 멀리서 삼층 높이의 단아한 객잔이 눈에 들어오기 시작했을 때, 누군가가 객잔에 걸려 있는 한 깃발을 손가락으로 가리켰다.

"저거, 그 기린표국의 깃발 아닌가?"

미주객잔에는 지난날 걸려 있던 깃발들이 전부 철거되고, 기린표국의 깃발과 남궁장인가의 깃발이 나란히 걸려 있었다.

그중 기린표국의 깃발을 알아본 이들이 놀라 입을 열었다.

"기린표국이라 함은 어제 흑사방을 제압하고 전 씨 일가를 잡아들이는 데 혁혁한 공을 세운 거기 아닌가?"

"그렇지. 기린표국이 남궁장인가라는 곳의 소속인데, 거기 기린대가 엄청난 무력을 지녔대."

"어제 일이 인연이 되어서 미주객잔이 남궁장인가를 등에 업게 되었나보구먼? 굉장한 곳과 손을 잡았어."

"이제 미주객잔은 다신 억울한 일을 당하지 않겠어. 남궁장인가가 낙천에도 발을 들여 줬으면 좋겠군. 그렇게 좋은 무림세가라면 이 지역의 질서도 잘 잡아 줄 텐데."

그들은 그렇게 말하며 미주객잔으로 향했다.

마침 자무군주의 호출에 관으로 달려갔다가 돌아오던 양명이 그들의 이야기를 듣고는 부드럽게 미소 지었다.

이로써 낙천 지역에 남궁장인가가 발을 들일 기반을 마련하라는 소가주의 명령은 충실히 이행한 셈이었다.

예상보다 훨씬 빠르게 결과물을 보일 수 있게 된 양명은 뿌듯함을 느끼며 걸음을 재촉했다.

第三章

마신 재림의 시작

　마교의 근거지인 화염산.

　그곳에서는 갑작스러운 교주의 소집 명령을 받은 장로들이 회의실에 모여 있었다.

　오랜 세월 정파 무림에 스며들게 했던 간자들이 대부분 색출되어 대대적인 철수를 감행했으므로 사기가 꺾일 법도 한데, 마교의 장로들은 오히려 무덤덤한 태도였다.

　그 철수가 이 보 전진을 위한 일 보 후퇴라는 것을 다들 잘 알고 있기 때문이었다.

　다만 오늘 이 자리에 모두들 모이게 된 이유에 대해서는 아는 이가 없었다.

지난번 대대적인 철수 이후 최소 십 년간 교의 태세를 정비하기로 결정하지 않았던가.

그 때문에 장로들은 중원 외곽에 위치한 마교의 지부에서 피해를 정리하고 전력을 가다듬고 있었다.

그런데 갑작스럽게 화염산에서 호출이 온 것이다.

장로들은 저마다 교주의 호출에 대한 이유가 무엇일 것인가에 대해 얘기했지만 이렇다 할 답은 나오지 않았다.

그때 조용히 자리를 지키고 있던 마뇌가 높은 목소리로 교주의 입장을 알렸다.

"교주, 어서 오십시오."

그 말에 모든 장로들이 바닥에 엎드렸다.

양 무릎과 팔꿈치, 그리고 이마가 닿은 오체투지.

일전에도 당연히 취하던 예였으나 지금 그들의 모습에서는 전보다 훨씬 더 큰 공경심이 느껴졌다.

이제 그들의 교주는 마신과 직접적으로 소통할 수 있게 되었으니까.

과거 천마신녀가 하던 역할까지 다 하게 되면서, 교주 마함천은 마교 내에서 그야말로 무소불위의 존재가 되었다.

"고개를 들라."

검붉은 도포 자락을 휘날리며 자리에 앉은 마함천의 풍모는 그야말로 황제에 버금갔다.

그 기세만 보자면 중원 끝자락에 처박힌 이 작은 산을 다스리는 교주가 아니라 중원 전체를 다스리는 절대자 같았다.

마함천은 느긋하게 장로들을 둘러보며 입을 열었다.

"다들 본좌가 왜 그대들을 불러 모았는지 궁금해하고 있겠지."

누군가 그렇습니다, 말할 법도 했지만 입을 여는 자는 없었다. 마함천은 그것이 마음에 드는 듯 흐뭇한 미소와 함께 말을 이었다.

"대계를 발동하려고 한다."

"……!"

"대계를……!"

마뇌는 이미 관련된 사항에 대해 알고 있었던 듯 묵묵히 입을 다물고 있었다.

하지만 다른 장로들의 반응은 조금 달랐다.

마교의 백년대계, 마신 재림 계획을 시작한다니.

"교주. 궁금한 점이 있습니다."

"팔 당주. 말해 보라."

"지난번 저희를 소집하셨을 때는 분명 대계의 시작을 십 년 후로 미룬다고 하셨습니다. 지금도 각지의 제단에 모인 힘은 천마를 모시기에 충분한 수준이 아닙니다. 또한 여러

가지 조건이 충족되지 않았습니다. 우선 교주의 피를 이은 제물이 준비되지 않았으며, 마신검의 제작 또한 불투명한 상황입니다. 현 상황에서 대계를 발동하는 것은 무리라 사료됩니다."

당주 중에서 가장 이성적이고 현명하다는 평을 듣고 있는 팔 당주의 말이 끝나자 다른 장로들이 고개를 끄덕였다.

"전혀 무리가 아닙니다, 팔 당주."

그런 그의 말을 반박한 것은 여태껏 조용히 자리를 지키고 있던 마뇌였다.

"무슨 소립니까, 총군사. 우리가 모르는 뭔가가 있는 겁니까?"

"그대의 말도 옳다, 팔 당주. 하지만 마뇌가 생각한 바가 있으니 한 번 들어 보라. 군사, 장로들에게 자네의 계획을 설명하도록."

"예, 교주."

마함천의 허락이 떨어지자 마뇌가 장로들 앞으로 한 발짝 나섰다.

그 모습에 눈살을 찌푸리는 장로들도 있었다.

총군사라는 자리는 엄연히 말해서 장로들보다는 낮은 자리였다.

그러나 그 역할 상 교주와 관계가 밀접한 데다가 실권을 쥐게 되어 있어 그동안은 마뇌가 장로들보다 우위에 있었다.

허나 그는 지난 몇 번의 일을 처참한 실패로 장식하지 않았던가.

대계를 십 년이나 미룬 것도, 중원 전체에서 철수하게 된 것도 다 마뇌의 그릇된 판단 때문이었다.

교주가 그를 용서한 것이야 그렇다 쳐도, 그렇게 큰 실수를 연달아 저지른 마뇌를 아직도 장로들보다 우위로 쳐준다는 것은 장로들을 불쾌하게 만들 만한 일이었다.

장로들이 그러거나 말거나, 마뇌는 차분하게 자신의 생각을 늘어놓았다.

"우선 첫 번째로, 중원 각지에 흩어져 있는 제단의 역할은 마신을 이 세상으로 내려오시게 하는 것. 그것만을 위해서라면 현재 모여 있는 힘만으로도 충분합니다. 이미 예전에 충분해졌지만 계속해서 힘을 모아온 이유는 마신께서 보다 강한 힘을 확보하시길 바랐기 때문이지요. 하지만 마신께서 원래 갖고 계신 힘만으로도 이 중원을 지배하기에는 부족함이 없다는 판단입니다."

"허나 그분을 위해 바쳐질 제물이 없지 않소? 마신의 재림을 위해서는 교주의 피를 이은 산 제물이 필요한 법. 그 제물은 어릴수록 좋으나 현재 교주의 피를 이은 이라고는 소교주밖에……."

"설마 이 마뇌가 소교주를 제물로 삼겠습니까. 이 또한 다 마련이 되어 있지요."

마뇌가 빙긋 웃었다. 보는 것만으로도 차가운 뱀이 살갗 위를 스르륵 지나가는 느낌이 드는 미소였다.

"일전에 모용세가와 합심하여 준비했던 제단이 무너졌던 것을 다들 기억하실 겁니다. 그때 제 제자가 무너진 제단에 버금가는 훌륭한 선물을 가지고 돌아왔지요."

"……설마 부군사가 데려왔던 모용세가의 여식이 소교주의 아이를 밴 거요?"

"맞습니다."

"허어―, 그렇다면 소교주께서 심마를 극복하신 거요?"

"아직 회복 중에 계시지만, 곧 완치될 듯싶습니다."

마뇌의 말에 당주들의 얼굴이 환해졌다.

천마신녀의 도주로 인해 마음에 큰 상처를 입은 소교주의 상태는 마교 내에서 상당히 골치 아픈 문제였다.

교주 마함천과 달리 소교주 마헌은 정이 많고 부드러운 성격이었다.

마함천이 장차 마교를 강하게 이끌어야 할 녀석이 너무 유하다고 엄하게 다스렸지만 그 성정이 어디 가는 것은 아니었다.

다행히 소교주에 걸맞은 무력과 부드럽지만 강단 있는 지도력으로 교내에서 지지는 높은 편이었다.

그런 소교주가 약혼녀의 도주로 연심에 상처를 입어 심마에 들기까지 했으니, 그가 어릴 때부터 성장 과정을 봐 온 장로들의 심려는 어땠을까.

대외적으로는 소교주가 폐관에 들었다고 알려 두었지만 시간이 흐를수록 의심의 눈초리가 짙어지고 있었다.

그만큼 중대한 문제였기에 마뇌는 모용청경이 마교에 도착하자마자 손을 썼다.

소교주에게 약을 먹여 모용청경을 천마신녀로 착각하게 한 것이다.

모용청경 또한 미약을 먹은 상태라 두 사람의 합방은 차질 없이 진행되었다.

도주했던 천마신녀가 돌아왔다고 생각한 소교주는 점차 심마가 풀려 예전의 이지를 되찾기 시작했고, 제물로 필요한 아이도 들어섰다.

물론 마교로 끌려와서 지속적으로 간음을 당한 데다가 아이까지 배게 된 모용청경의 상태는 날이 갈수록 악화되고 있긴 했지만, 아이를 낳을 때까지만 버티면 상관없었다.

"비록 천마신녀는 아니지만 새로운 마신녀께서도 마신의 인정을 받으신 데다가 모용가의 여식으로 그 혈통 또한 부족함이 없으니, 태어날 아이도 제물로 더할 나위 없을 것입니다."

"그렇군요. 허나 문제는 남았습니다. 마신검은 어떻게 해결할 생각입니까?"

"그 또한 이미 안배해 둔 바가 있습니다. 마신께서 깃드실 마신검의 제작은 가장 중요한 부분이라고 할 수 있지요. 머지않아 마신검은 우리 손에 들어오게 될 겁니다."

마뇌의 자신만만한 태도에 장로들은 회의감을 드러내면서도 고개를 끄덕였다.

최근 연달아 실패를 맛보긴 했지만 그래도 마교 최고의 두뇌인 그를 안 믿으면 어떻게 하겠는가. 게다가 교주 역시 이미 이 일에 찬성한 상태였다.

"마지막으로 궁금한 것이 있소. 어째서 지금이오? 십 년간 교가 세를 정비하고 보다 확실한 기회를 노려 중원을 침략하는 것이 더 낫다고 보는데. 마신께서 재림할 조건이 갖춰져 간다고는 하나 굳이 지금 당장 대계를 발동해야 할 이유가 있소?"

마뇌의 말만큼이나 팔 당주의 마지막 물음 또한 타당했다.

아무리 마신이 재림한다고는 해도 실질적으로 중원 침공에 나서는 것은 마교도들이다.

마신이 교인들에게 힘을 내려 준다고 해도 절대적인 숫자가 부족한 이상 중원인들을 상대하는 데는 무리가 있었다.

마교의 목표가 단순히 중원 무림의 정복에 있지 않기 때문이다.

일차적인 목표는 무림의 지배지만, 무림 세력을 손에 넣는 순간부터 마교는 황실과 갈등을 빚게 된다.

그들은 단순한 무림문파가 아니었다. 천신이 아닌 천마를 모시고, 황제의 권위보다 교주의 권위를 더욱 높이 칭송하는 종교 집단이었다.

황제보다 교주를 더 높이 치는 교리의 특성상 중원 전체를 지배하고 있는 이 나라와 전면전을 피할 수 없다.

결국 마교의 최종 목표는 마교의 교리를 기본 골조로 하는 나라의 건설인 것이다.

그를 위해서는 무림인들뿐 아니라 수많은 명의 군사들까지 상대해야 했다.

마신의 힘이 있다고 해도 압도적인 숫자에는 장사가 없는 법.

그 때문에 마교는 십 년을 더 내다보고 대계를 준비하려고 했었다.

"상황이 조금 바뀌었습니다. 마신께서 내려 주신 말씀도 그렇지요."

"마신께서 계시를 내리셨습니까?"

"그렇습니다."

마뇌가 고개를 끄덕이고는 품 안에서 한 장의 종이를 꺼내 펼쳤다.

그것은 한 장의 용모파기였다. 무던하고 성정이 발라 보이는 한 청년의 얼굴이 검은 먹으로 그려져 있었다.

"저게 누굽니까?"

"최근 교의 최고 골칫거리라고 말씀드리면 아실 것 같군요."

"설마 저것이 그 남궁장인가의 남궁혁입니까?"

남궁혁. 그 이름이 팔 당주의 입에서 나오자마자 장로들의 눈에 불똥이 튀었다.

모두 저놈 때문이었다.

그들이 준비한 수많은 간계들과 간자들이 다 저놈 하나에 박살이 났다.

언젠가 중원을 침략해 들어가는 날이 온다면 남궁혁 저놈부터 사지를 찢어 죽이겠노라고 말하는 이들이 적지 않았다.

그런 자의 용모파기가 마뇌의 품에서 나온 것이다.

"교주께서 마신의 계시를 받아 그리신 겁니다. 확인해 본 결과 최근 이자의 행보가 심상치 않아 대계를 미뤄서는 안 되겠다는 판단이 섰습니다."

"대체 어떻기에?"

"본교가 중원으로 침략해 들어가는 길 중 가장 먼저 확보해야 하는 길이 바로 섬서로 들어가는 길입니다. 그래야 초반에 공세를 집중해 화산과 소림을 물리치고 바로 무림맹 본산을 칠 수 있지요. 허나 남궁장인가가 급속도로 세력을 확장하는 바람에 그것이 어렵게 됐습니다. 이대로 가다간 십 년 후엔 소림과 화산은 구경도 해 보지 못하고 좌절될 공산이 큽니다."

"남궁장인가는 그 남궁혁이라는 놈 하나만 제거하면 별 볼 일 없는 곳 아니오? 그 자만 서둘러 제거해 버리는 방법도 있지 않소?"

"그간은 그랬습니다만, 무슨 수를 썼는지 갑자기 그 자 휘하 무사들의 실력이 급격하게 상승했습니다. 거기에 무서울 정도로 세력을 확장하고, 민중에게도 신뢰가 높아서 세력권에 잠입하는 것도 힘들어 보입니다. 이제는 그 자를 제거한다고 해도 남궁장인가를 무너트리는 것은 쉽지 않아졌습니다. 아무래도 정파 내에서 놈들을 지원하는 것이 아닐까 생각이 듭니다."

"그렇다면 군사의 말이 맞구려. 당장이라도 준비를 서둘러야겠소. 중원 무림이라도 먼저 쳐야겠군."

팔 당주를 비롯해 다른 장로들도 고개를 끄덕였다.

지금 당장 쳐들어가지 않는다면 영영 기회를 잃어버릴
수도 있다는 말에 사태의 심각함을 파악하고 마뇌의 의견에
동의한 것이다.

장로들의 의견이 하나로 모이자 교주가 자리에서 일어났
다. 장로들은 다시 바닥에 머리를 박고 교주의 말을 기다렸
다.

"이리 다른 자들의 눈치를 보며 교의 행보를 결정해야 하
는 것도 이제 얼마 남지 않았소. 중원이 우리 손아귀에 들
어오는 순간, 세상이 교의 행보에 맞춰 움직일 것이오!"

마함천의 외침에 장로들이 마교천하를 외치며 주먹을 쥐
었다.

그날부터 화염산에서는 중원 침략을 위한 준비로 분주한
움직임이 시작됐다.

第四章
해남의 신물, 해남파형검

　남궁장인가의 한 연무장에서는 새벽부터 밤까지 한 사람의 기합 소리가 끝도 없이 울려 퍼지고 있었다.

　그 기합의 주인공은 바로 남궁혁.

　오랜만에 망치가 아닌 검을 든 그는 자신이 익힌 모든 무공을 하나하나 점검하며 검을 가다듬고 있었다.

　그 모습을 지켜보고 있던 진우는 남궁혁의 검세에 끊임없이 감탄했다.

　사부인 남궁혁처럼 검과 장인 두 분야의 실력을 최고조로 끌어올릴 수 없었기에, 진우는 장인의 길을 주로, 검의 길을 부로 선택했다.

그러나 마음속에 남아 있는 검에 대한 열정은 여전했기에 이를 아는 남궁혁은 그에게 자신의 검을 지켜보라고 말한 것이다.

검세를 공부하는 건 검을 만드는 장인으로서도 꼭 필요한 일이니까.

그런 진우의 감탄에도 남궁혁의 얼굴은 썩 유쾌하지 못했다.

자세에는 문제가 없었다. 검법도 보법도 더할 나위 없이 정확했고, 응용도 자유로웠다.

검 자체도 아쉬울 것이 없었다. 남궁혁이 들고 있는 것은 이번에 새로 제작한 검으로, 초절정의 벽을 무너트린 이들에게 지급한 상등품 중에 상등품이었다.

내공의 흐름도 원활했다. 도도한 대하의 강물처럼 내공은 막힘없이 흘렀고, 어디 하나 거슬리는 곳이 없었다.

허나 남궁혁의 심경은 마치 거대한 저수지 안에 갇혀 있는 것처럼 답답하기 짝이 없었다.

새벽부터 밤까지 하루 종일 검을 휘두르고 땀을 흘려 보아도, 검법에 대해 파고들어도, 며칠 내내 명상을 해도 무공의 진전이 느껴지지 않는 탓이었다.

물론 화경의 경지에서 그 이상으로 나아가는 것이 혹자는 불가능하다고 여길지도 모른다.

하지만 오랜 무림의 역사상 현경에 이른 무인들의 숫자는 상당했다.

세간에 나오지 않아 이름을 모른 채 사라진 무인들도 많으리라.

그리고 당대에도 소림과 화산, 무당파에 현경의 고수가 각각 하나씩 세 명이 있고, 사대 세가에서도 둘이 있다. 거기에 여일혼원신공을 전수해 준 광무자도 현경의 경지다.

그들 중 한 명은 나이 오십에 현경의 경지를 이룩했으니, 전혀 불가능하다고 할 수는 없는 것이다.

남궁혁의 나이가 아직 서른이 되지 않았으니 조급한 생각일 수는 있다.

하지만 서른도 안 된 나이에 화경의 경지에 오른 이로서는 당연히 할 수 있는 생각이기도 했다.

'설마 여기까지가 내 한계인 건 아니겠지?'

검을 멈추고 어느덧 깜깜해진 밤하늘을 바라보며 남궁혁은 생각에 잠겼다.

사실 얼마 전부터 그런 생각을 하긴 했다.

이전 삶의 정보를 기억한다는 특이한 상황을 제외한다면, 사실 남궁혁은 평범했다.

무골도 아니고, 무공에 대한 이해가 대단한 수준도 아니다.

아마 비슷한 경지인 팽천룡보다 골격이 좋지 않은 것은 물론이요, 나태영보다도 평범할 것이다.

나태영이 사문 내에서 골칫덩어리라고 핍박받기는 했지만 그 또한 구대문파의 제자니까.

무공이랑은 별 관계없지만, 외모가 은태림이나 천유만큼 뛰어난 것도 아니고.

전체적으로 무공과 관련된 타고난 체질이나 골격은 기린대 무사들과 비슷한 수준이다.

장인으로서의 실력을 뺀다면 정말 평범이라는 단어가 그보다 잘 어울리는 이가 없으리라.

그랬던 것을 오로지 시간으로 극복했다.

이전 삶에서 보냈던 시간. 새로운 삶을 얻으며 얻은 시간.

그 시간만큼 굵어진 머리로 어릴 때 깨달음을 얻고, 남들은 스물이나 서른은 되어야 알게 되는 무공에 대한 묘리를 꿰뚫었다.

남들은 기어 다닐 때 이미 뛰어다니고 있었으니, 그것으로 겨우 여기까지 온 것이다.

하지만 그 뛰는 속도도 엄연히 한계가 있는 법.

기어 다니던 애들은 같은 나이가 되어선 남궁혁이 스무 발짝을 뛸 때 서른 발짝을 뛰기 시작했다.

남궁혁이 지금까지 다져 놓은 세월이 있지만 언젠가는 추월당하고 종국엔 격차가 벌어지리라.

물론 남들과의 격차는 상관없었다.

남궁혁이라고 호승심이 없는 것은 아니나, 남과 겨루기 위해서 무공을 익히고 있는 게 아니니까.

중요한 것은 내 사람들을 보호하고 내 가족을 지키는 것.

그러기 위해서 익힌 무공이었고 그러기 위해 수련해 온 세월이었다.

이렇게 세월이 흐르고 마교는 끝도 없이 강해지는데, 자신은 정체되면 어떻게 하나.

그것이 남궁혁이 하는 고민의 핵심이었다.

마음 같아서는 자신도 팽천룡처럼 폐관에라도 들어가고 싶지만…… 폐관에 들어간다고 누구나 실력의 향상을 꾀할 수 있는 것도 아니다.

특히나 자신처럼 그릇에 대한 한계가 느껴지는 상황에서 폐관이라. 오히려 시간 낭비만 될 가능성이 컸다.

그럴 땐 차라리 지금처럼 정공법에 집중하는 쪽이 나았다.

지금까지 남궁혁의 실력 성장은 여러 가지 운에 의존한 부분이 컸으니까.

새로운 삶을 얻게 된 것부터가 엄청난 기연이요, 무엇보다 환귀곡의 기를 흡수한 것이 화경의 경지로 진입하는 데 큰 도움이 됐다.

기연으로 얻은 실력이니 이제는 정석적인 노력이 필요할 때가 아닐까.

남궁혁은 그렇게 생각하며 착잡한 마음을 달래려고 했다.

마음을 정리하며 숨을 가다듬는 그때 저쪽에서 작은 발소리가 들렸다. 부드러운 솜이 눈밭 위를 사부작사부작 움직이는 듯한 가벼운 소리.

그 발소리에 남궁혁의 얼굴에 옅은 미소가 번져 나갔다.

"민 총관."

"소가주."

연무장을 밝힌 옅은 호롱불 사이로 민도영이 걸어왔다.

그녀는 착잡함에 짙게 어두워진 마음에도 불을 밝혀 주는 존재였다.

"늦은 시간인데 여기까지 무슨 일이에요?"

남궁혁은 어두운 기색을 지워 버리고 평소처럼 밝은 얼굴로 물었다.

가문의 일에 대한 걱정이라면 민도영과 나누고 상의하겠지만 이건 남궁혁 개인의 문제니까.

같이 나눈다고 덜어지는 걱정거리가 아니라면 괜히 민도

영이 신경 쓰게 하고 싶지 않았다.

"전해 드릴 소식이 있습니다. 수련이 끝나시는 걸 기다리려 했는데 여태 연무장에서 나오지 않는다고 하셔서 보러 왔습니다."

"슬슬 마무리하려고 했어요. 무슨 일인데요?"

"해남에서 연락이 왔습니다."

"해남에서? 해남검문이요?"

"예, 맞습니다."

민도영이 고개를 끄덕이며 소매 안에서 서찰 하나를 꺼내 내밀었다.

"해남검문의 신물인 해남파형검을 수리해 달라는 의뢰입니다. 신물의 수리라 그런지 보상이 상당합니다."

황실에서 일한지라 웬만한 금액 갖고는 놀라지도 않는 민도영이 그렇게 말하는 것으로 봐선 정말 엄청난 액수인 모양이었다.

남궁혁은 서신을 펼쳐 해남검문의 장문인이 보낸 내용을 읽어 내려갔다.

"그 검 수리 못 하면 해남검문이 망하기라도 한 대요? 검 한 자루 수리하는 데 일만 금이라니?"

일만 금.

남궁혁의 말대로 검 한 자루 수리하는 대가치고는 지나

치게 엄청난 금액이었다.

검 하나 수리하다가 해남검문의 뿌리가 뽑히는 게 아닐까 싶을 정도였다.

"저도 그렇게 생각합니다만, 섬서와 해남검문 간의 거리도 있고, 해남검문의 해남파형검은 저도 들어 봤을 정도로 유명한 신물입니다. 또한 그만큼 소가주의 명성이 엄청나졌다는 반증이라고 여기면 될 듯싶습니다."

민도영의 말도 일리는 있었다. 사실 남궁혁이 가볍게 말해서 그렇지, 문파에서 신검의 위상은 대단했다.

대대로 장문인에게만 내려지는 데다가, 그 검이 곧 문파를 대변한다고 할 정도니까.

특히 해남파형검의 경우 해남검문의 시조가 직접 썼던 검으로 알려져 그 역사적인 가치가 단순한 무기의 가치를 넘어설 정도였다.

게다가 남궁혁의 몸값도 천정부지로 올랐다.

예전에는 다른 문파나 세가의 검도 남궁혁이 직접 움직였지만, 이제는 그렇지 않았다.

기린대 무사들을 위한 검이나 아주 특별한 거래처를 위해서만 직접 검을 만들어 주었다.

그 때문에 남궁혁이 전날 만들어 경매에 붙였던 검 같은 경우 값을 매기지 못할 정도였다.

그런 상황이니 남궁혁이 직접 움직이는 값은 상상을 초월할 수밖에 없었다.

"근데 좀 이상한 게 있는데, 거긴 이미 유은하 장인이 있지 않아요?"

흔히 주작명장(朱雀明匠)이라 불리는 해남검문의 유은하.

그녀는 여인의 문파인 해남검문에서도 특이한 존재였다.

어릴 적 해남검문에 들어가 장문인의 제자로 검을 수련하다가, 해남검문의 검법에 맞는, 그리고 사내가 아닌 여인의 신체에 맞는 검을 만들겠다며 해남검문을 뛰쳐나가 장인의 길에 들어선 여인.

해남검문은 문파를 뛰쳐나간 유은하를 파문하려고 했지만, 당시 장문인이자 유은하의 스승이었던 이가 이를 만류했다.

장문인 또한 유은하의 생각처럼 해남검문만을 위한 검이 필요하다고 여겼기 때문이다.

그로부터 십 년 후, 해남검문에서 한 여인이 십대고수에 당당히 한 자리를 차지했다.

그 여인이 바로 검후.

해남검문에서 뛰어난 후기지수를 지칭하는 십 검화(劍華) 중 한 명이자, 전대 장문인의 제자 중 한 사람에 불과했던 그녀는 해남검문의 고수들 중 하나의 반열을 넘어서, 무림에 현존하는 여고수 중 최강이라는 검후의 칭호를 얻었다.

검후는 기존 십대 고수들과의 비무에서 십 전에 팔 승 이 패를 기록해 호사가들의 입에 오르내렸다.

십대고수의 순위는 수시로 오르락내리락하며 호사가들에게 좋은 안줏거리가 되곤 했지만, 검후의 일이 특별했던 것은 바로 그녀의 검 때문이었다.

중원 어디에서도 보지 못한 극도의 세검.

마치 길디 긴 바늘처럼 보이는 이 검은 그 속도와 날카로움, 그리고 경도에서 타의 추종을 불허했다. 그리고 검후는 해남검문의 장인이 이 놀라운 검을 만들었노라 답했다.

그리고 그때부터 해남검문의 검이 바뀌기 시작했다.

사용하는 검 자체가 바뀌었다는 말이기도 했고, 그들의 검 실력이 달라졌다는 말이기도 했다.

그동안 해남검문이 그저 '여인들의 문파'라는 특이성 때문에 입에 오르내렸다면, 그때부터는 정말 검술 실력으로서 이야깃거리가 되기 시작한 것이다.

해남도와 남부 해안가에서는 해남검문이 숨어 있던 사파 세력을 척결하고 해적들을 물리쳤다는 얘기가 심심찮게 들려왔고, 무림맹에서도 한 자리를 차지하기에 이르렀다.

그 세력이 대단해져 조만간 구파 중 한 곳이 자리를 내주는 게 아니냐는 말도 있었다.

그리고 그 중심에는 사대명장 중 하나로 손꼽히기 시작할 정도로 뛰어난 장인 실력을 가진 명장, 유은하가 있었다.

남궁혁도 그녀의 실력에 대해서 익히 들은 바 있었고, 남궁옥 덕분에 유은하가 만든 검을 견식해 보기도 했다.

남궁혁이 검을 선물하기 이전, 남궁옥이 어릴 때부터 쓰던 검이 바로 유은하가 만든 검이었기 때문이다.

원래 유은하의 검은 해남검문이 아닌 이상 손에 넣을 수 없지만, 금지옥엽에게 최고의 검을 주고 싶었던 남궁현열이 해남검문에 사정사정해 받아 낸 검이라고 했다.

검을 보기 전에는 여자 장인이라고 해서 섬세하고 꼼꼼하게 마무리를 하는 부류의 장인인가 했더니, 그것도 아니었다.

남궁옥의 검은 여인의 것이기는 하지만 그녀의 성격 상 패도에 가까운 검.

그런 그녀의 성격을 아주 잘 살린 검은 남궁혁마저도 감탄할 만했다.

비록 어린 시절의 남궁옥에게 맞춰 만든 검이라 나중에 남궁혁이 만들어 준 검으로 바꾸긴 했지만.

어쨌든 그런 유은하가 자파에 있는데 신검의 수리를 남궁혁에게 맡긴다는 점은 의아할 수밖에 없었다.

"저도 그 점이 궁금해 알아봤습니다. 지남단이 가져온 소식으로는 유 장인이 병을 앓고 있다고 합니다."

"병이요? 말도 안 돼."

남궁혁은 미간을 찌푸렸다. 유은하도 남궁혁과 비슷한 과정을 거친 장인이다. 무공을 익혔고 동시에 망치를 잡았다. 유은하는 장인의 길을 걷기는 했지만 그 전까지는 장문제자였다. 그렇게 무공을 깊이 익힌 사람이 아프다고?

"그냥 병이 아닙니다. 듣기로는 신검을 고치다가 병이 났다고 합니다."

"신검을 고치다가요?"

"어쩌면 검에 특이한 힘이 서려 있는지도 모릅니다. 그러니까 신검이라 불리는 것일지도요."

"흐음, 그러면 일만 금이라는 금액이 이해가 가네요. 유은하 장인 정도 되는 사람이 앓아눕게 되는 검이라⋯⋯."

"수락하시겠습니까? 내키지 않으시다면 거절하겠습니다."

민도영은 내심 남궁혁이 거절했으면 하는 눈치였다.

남궁혁이 남궁장인가의 중심인 것도 그렇지만, 타 문파의 검을 수리하다가 소중한 연인이 먼 타지에서 아프기라도 하면 어떻게 하는가.

하지만 유은하가 앓아누울 정도의 신검이라는 말이 남궁

혁에게는 장인으로서 호기심을 불러일으켰다.

"좋아요. 제가 신검을 수리해 보겠다고 연락해 주세요."

*   *   *

남궁혁은 해남검문의 의뢰를 받자마자 바로 해남도로 출발했다.

언제나 남궁혁 혼자 다니던 것과는 달리 이번에는 일행이 있었다.

기린대 열 명과 기타 무력 부대 네 곳에서 다섯 명씩을 선발해 총 서른 명이 남궁혁을 따르게 된 것이다.

사실 남궁혁은 혼자 다니는 쪽을 선호했지만 지난번 모용세가의 일도 있고, 무사들도 세가 안에만 있는 게 답답할 테니 세상 구경 겸 함께 가기로 결정했다.

거기에 의외의 인물이 하나 더 따라붙었는데, 바로 천유였다.

명목상으로는 섬서에서 해남까지 거리도 먼데 소가주에게 무슨 일이 있으면 어쩌냐, 의원인 자신이 따라가야 한다는 식이었다.

하지만 천유의 목적이 금남의 문파인 해남검문에 손님으로서 발을 들이는 것이라는 걸 모르는 이는 아무도 없었다.

예부터 해남검문의 문도들은 미인이 많기로 유명했으니까.

물론 남궁혁과 무사들의 건강을 챙긴다는 것도 나름 일리가 있어서, 민도영의 허락 하에 천유가 정식으로 일행에 합류하게 되었다.

해남도까지 가는 길은 그리 어렵지 않았다.

중원 북쪽 끝에 있는 남궁장인가에서 해남도까지 가는 길이 좀 멀어서 그렇지, 별다른 큰일도 없었다.

한 달 간의 여정 끝에 광주에 도착해서 배를 탈 때는, 그간의 여정이 너무 순조로워서 무사들이 이러다 배가 전복되는 거 아니냐는 우스갯소리까지 할 정도였다.

하지만 배는 전복되지 않았고, 오히려 시원한 바닷바람과 청명한 하늘까지 더해져 남궁혁 일행은 그야말로 환상적인 휴식의 시간을 보내고 있었다.

"정말 좋은걸."

남궁혁은 갑판 위에서 수평선을 구경하고 있는 무사들을 보며 중얼거렸다.

섬서 북쪽과는 정말 달라도 너무 달랐다.

남궁장인가가 있는 섬서 북쪽은 절기가 여름이 되어도 덥다는 느낌이 거의 없었다.

남궁혁에게 여름이란 솜옷을 입지 않아도 되는 계절이라

는 정도의 의미였는데, 남쪽의 여름은 마치 기분 좋은 온도의 대장간 안에 있는 것 같았다.

그것도 맑은 하늘과 시원한 파도 소리가 함께하는 대장간.

'대장간 안에서 하늘을 볼 수 있게 만들면 장인들의 사기가 더 올라가지 않을까?'

그런 실없는 생각을 하는 사이, 저 멀리 큰 섬이 눈에 들어오기 시작했다.

해남도(海南島).

야자수라 불리는 기이한 나무들이 해변가에 잔뜩 심어져 있는 그 섬은 말은 섬이지만 사실상 섬서 북쪽의 크기와 거의 맞먹는 정도의 큰 땅이었다.

날씨가 좋고 땅이 비옥해 무엇을 심어도 잘 자라지만, 과거 해적의 침략이 잦아 사람이 살 만한 곳은 아니라 여겨졌다.

하지만 중원에서 건너간 한 여고수가 해적들을 물리치고 섬에 자리를 잡으면서 점차 사람들이 불어나기 시작했다.

그녀가 바로 해남검문의 시초였다.

중원 땅에서 한족의 핍박을 받던 묘족과 장족, 회족 등이 이주하면서 해남검문은 다양한 제자들을 받아들여 그 세력이 커졌고, 그 때문에 해남도는 사실상 해남검문이 통치하고 있다 할 정도로 그들의 위세가 대단했다.

그런 곳에서 신물로 모실 정도의 검은 과연 어떤 특별한 검일까.

순수하게 장인의 일로 인해 생기는 흥분감에 남궁혁은 미소를 지었다.

한 시진 후, 배는 해남도 북단에 위치한 해구성에 닻을 내렸다.

성이라고는 하지만 크게 발달한 도시는 아니었다.

물론 중원 전체에서도 큰 축에 속하는 서안이 근처에 있어서 비교가 되는 것도 있지만, 전체적으로 어촌마을에 가까운 분위기였다.

남궁혁과 일행들이 배에서 내리자마자 한쪽에서 일단의 무리가 다가왔다.

남궁혁은 그들이 해남검문의 사람들이라는 것을 한눈에 알아봤다.

여인들로만 이루어진 열 명 남짓의 무리라는 것도 그랬고, 주변의 어민들이 그녀들을 향해 공손히 인사를 하고 있었으니까.

"남궁혁 장인 되십니까?"

사십 전후쯤 되어 보이는 부드러운 인상의 여인이 문도들을 이끌고 다가와 남궁혁에게 포권을 취해 보였다.

소매에 새겨진 여덟 겹의 파도 문양으로 보아 해남검문에서 상당한 위치를 차지하는 여인인 것 같았다.

"네, 제가 남궁혁입니다. 해남검문에서 나오신 분이신가요?"

"예. 저는 해남검문의 총관인 환서영이라 합니다. 무림의 동도들은 저를 해월검이라고 불러 주지요."

남궁혁은 조금 놀랐다. 아무리 신물을 고치러 온 거라지만 일개 대장장이를 환영하기 위해 해남검문의 총관이 직접 나오다니?

"총관께서 직접 나와 주시다니 정말 영광입니다."

"별말씀을요. 그럼 저를 따라오시지요. 객잔으로 안내해 드리겠습니다."

"바로 해남검문으로 가는 게 아닌가요?"

남궁혁이 물었다. 그가 알기로 해남검문은 여모봉이라는 해남도의 정중앙에 위치한 산에 본산이 있었다.

물론 그곳은 금남의 영역이었으므로, 남궁혁은 그들이 검을 수선하기 위해 해남파형검을 밖으로 반출해 나와서 남궁혁이 수선하는 방식을 취하지 않을까 생각하기도 했었다.

하지만 이 먼 해구까지 가져오는 건 좀 무리 아닌가?

그런 남궁혁의 의문을 환서영이 풀어 주었다.

"남궁장인가 여러분이 멀리서 오셔서 여독이 쌓이셨을

것 같아 객잔에 작은 연회를 준비했습니다. 오늘은 푹 쉬시고 내일 차비를 갖춰 여모봉으로 출발하지요."

"아, 그렇군요."

남궁혁은 고개를 끄덕였다. 남궁장인가 사람들 모두 무공을 익힌 무인들이라 크게 무리는 없었지만, 뱃멀미가 심한 사람이 하나 있었기에 휴식이 절실하던 참이었다.

그 뱃멀미가 심한 사람이란 바로 천유였다. 그래도 팽가의 무공을 익힌 몸이라 크게 걱정은 안 했는데, 뱃멀미라는 복병에 그는 사정없이 무너졌다. 천하의 의술도 뱃멀미만은 어쩔 수 없는 모양이었다.

"그러면 저희를 따라오십시오."

"네, 감사합니다."

환서영이 앞장서자 해남검문의 여인들은 남궁장인가 사람들을 호위하듯 둥그렇게 둘러싸고는 성 안쪽을 향해 걷기 시작했다.

"무사님들, 오늘도 수고가 많으십니다."

"늘 감사드립니다, 오늘도 평안하십시오."

주민들은 지나가다가 그들 일행을 발견하고는 꾸벅 인사를 하곤 했다.

남궁장인가 주변을 걸을 때와는 또 다른 느낌이었다.

섬서 북쪽의 주민들이 남궁장인가 사람들을 가족처럼 친

근하게 생각한다면, 해남도의 주민들은 해남검문의 문도들에게 상당한 경의를 표했다.

남궁장인가는 단순히 질서와 치안을 담당한다면, 해남검문은 실질적으로 해적과 싸워 주기 때문인 것 같았다.

그리고 남궁장인가는 소속 무사나 하인들이 주민들의 가족인 경우가 많기도 했으니까.

해남검문은 아미파처럼 문도들의 혼인에 큰 제약을 두고 있진 않았지만, 검을 수련하는 여인들은 혼인하는 빈도가 그렇게 높지 않다고 들었다.

그렇게 주민들의 환영을 받으며 걸어가다가, 남궁혁은 뒤를 돌아 천유의 상태를 확인했다.

"천유, 괜찮나요?"

"딱 봐도 안 괜찮아 보이지 않습니까……."

"배에서 내린 지 꽤 됐는데도 그러는 거 보니 멀미가 심한가 보네요."

남궁혁은 눈 밑이 퀭해진 천유를 보며 고개를 절레절레 저었다.

이런 걸 보고 중이 제 머리 못 깎는다고 하는 거겠지.

"객잔에 가는 중이니까 도착하면 좀 자요."

"……고맙습니다."

천유는 남궁혁의 친절에 시선을 슬그머니 돌렸다.

남궁장인가에 합류하게 되면서 남궁혁에게 호감을 가졌던 천유였지만, 지금은 거의 마음을 접은 상태였다.

자신이 아무리 매력적인 남자라고는 해도 남궁혁은 그런 거에 흔들릴 것 같은 사람이 아니었던 데다가, 척 봐도 총관 민도영과 상당히 깊은 관계라는 티가 났으니까.

자신들은 숨긴다고 숨기고 있겠지만 천유의 눈을 속일 수는 없었다.

임자 있는 사람을 탐내는 건 도리상 못할 짓이므로 마음을 접으려고 했지만, 그래도 역시 곁에 있으니 눈이 가는 건 사실.

괜히 해남도에 따라오겠다고 했나 조금 후회도 되는 천유였다.

"도착했습니다."

그런 그의 귀에 환서영의 목소리가 들렸다.

안 그래도 멀미 때문에 찌푸려져 있던 미간이 더욱 구겨졌다.

"소가주."

"음? 왜요?"

"저 좀 부축해 주시지요. 멀미가 심해서 도무지 방 안에 혼자 못 걸어 들어가겠습니다."

천유가 갑자기 아픈척을 하면서 이마를 짚었다.

자고로 미인이 아프면 그 파급이 엄청난지라 이미 그의 외모에 익숙해진 남궁장인가 사람들은 물론, 해남검문의 여인들도 안쓰러운 눈길을 보냈다.

해남검문 문도들 중 몇몇은 남궁혁 대신 자신이 천유를 업어 들고 방으로 들어가고 싶다는 듯 눈을 빛내기도 했다.

"알겠어요. 일단 저희 의원님 좀 방으로 모셔다드리겠습니다."

"예, 알겠습니다. 여러분을 위해 작은 연회를 준비해 두었으니, 의원님의 상태가 호전되면 내려오시지요."

해남검문 사람들 중 유일하게 환서영만이 천유의 미색에도 눈 하나 깜빡하지 않았다. 과연 한 문파의 총관답달까.

천유는 그 모습을 눈여겨보다가 남궁혁의 부축을 받아 자신에게 배정된 방 안으로 들어갔다.

방 안에 들어서자마자 천유는 언제 기운이 없었냐는 듯 남궁혁에게서 몸을 떼었다. 그러고는 자리에 저벅저벅 다가가 털썩 앉았다.

"뭐예요? 아픈 척한 거예요?"

"소가주께 드릴 말씀이 있어서 얕은 수를 좀 써 봤습니다. 전음을 쓰기에는 티가 날 것 같아서."

"드릴 말씀? 뭔데요?"

남궁혁이 그 앞에 앉았다. 제갈화영은 해남도로 떠나는

남궁혁에게 천유의 얘기를 잘 들으라고 조언했다.

의원이긴 하지만 사람이 영민하고 눈치가 빨라 남궁혁에게 도움이 될 거라는 얘기였다.

물론 남궁혁은 주변 사람들의 말을 잘 듣는 편이므로 제갈화영이 굳이 당부하지 않았어도 천유의 말을 귀 기울여 들었겠지만.

"그 환서영이라는 총관, 이상한 점 못 느끼셨습니까?"

"이상한 점이요?"

남궁혁이 눈을 끔뻑거렸다. 그러다가 뭔가 생각났다는 듯 아, 하고 입을 열었다.

"혹시 환 총관에게 내공이 느껴지지 않아서 그래요? 그건 유명한 얘기잖아요. 해남검문의 해월검은 과거에 해적들을 상대하다가 큰 상처를 입어서 내공을 전부 잃었지만, 그 업무 처리 능력이 대단해 사저인 검후가 그녀를 총관에 추천했다고요."

남궁혁도 오기 전에 제갈화영에게서 들은 얘기였다.

해남검문은 대외적인 업무를 처리하는 장문인, 그리고 남궁장인가처럼 내부적인 실무를 전담하는 총관이 있었다. 그리고 해남검문의 검을 대표하는 검후는 따로 있었고.

애초에 머리만으로 총관이 된 것도 아니고 후에 무공을 잃었음에도 아직껏 해월검이라는 별호로 불리며 무림에서 인정받을 정도라면 환서영이라는 사람이 얼마나 능력 있는 총관인지 알 만했다.

하지만 천유의 얼굴은 썩 밝지 않았다. 남궁혁의 말은 천유가 생각한 답이 아닌 모양이었다.

"아뇨, 그런 것이 아닙니다. 제가 생각하기에 환 총관은…… 여자가 아니라 남자인 것 같습니다."

"남자요?"

이건 또 무슨 소리래.

남궁혁은 어이가 없다는 듯 피식 웃었다.

해남검문은 유명한 여인들만의 문파. 그들 중에 남자가 섞여 있다는 말은 듣지 못했다.

"뱃멀미가 너무 심했던 거 아니에요? 연회를 하기 전까지 좀 자요."

"제 감을 무시하시는 겁니까?"

천유의 눈썹이 삐죽 꺾였다. 마치 떼를 쓰는 아이 같은 태도에 남궁혁이 푹 한숨을 내쉬었다.

"맥을 짚어 본 것도 아닌데 어찌 그렇게 단정해요? 게다가 남자면 뭐 어때요. 외부인인 우리가 개입할 일은 아니잖아요."

"그건 그렇지만……."

"뭔가 사정이 있을 수도 있죠. 남자지만 꼭 해남검문의 검을 익히고 싶어서 여장을 했다거나. 아니면 그런 사례도 있잖아요. 여인의 몸이지만 남자의 기를 타고난 경우 같은. 천유 당신이 의원이라 그런 걸 느낀 게 아닐까요? 어쩌면 환 총관께서는 큰 사고를 당한 몸이라 기의 흐름이 일반인과 다를 수도 있는 거고."

남궁혁의 말이 물 흐르듯 이어지자 천유는 고개를 끄덕였다. 그의 말이 맞았다. 만약 환 총관이 정말로 남자임을 숨기고 해남검문에 있다고 한들, 천유나 남궁혁이 개입할 문제는 아니었다.

"겨우 그 얘기 하려고 여기까지 들어온 거예요?"

남궁혁의 핀잔에 천유가 시선을 피했다. 그 모습에 남궁혁이 푹 한숨을 쉬었다.

"기왕 들어온 거 푹 쉬고 계세요. 해남검문에는 아파서 못 나온다고 둘러대 둘 테니까."

"……감사합니다."

남궁혁은 그렇게 말하고서는 문을 닫고 나갔다. 남궁혁이 나간 자리에서 천유가 찜찜한 얼굴을 하곤 '그래도 좀 수상쩍은데…….' 하며 중얼거렸다.

*   *   *

해남검문에서 준비한 연회는 조촐하지만 즐거운 분위기였다.

환서영은 여모봉에서 장문인과 함께 더욱 큰 연회를 준비해 두었다며, 이번 것은 가벼이 여겨 달라고 당부했다.

아무래도 해남검문이 남궁장인가를 홀대했다고 생각할까 봐 전전긍긍하는 느낌이었다.

말은 그렇게 해도, 상차림은 풍성했고 섬서 북쪽에서는 보기 힘든 신선한 해산물은 남궁혁을 비롯해 남궁장인가 사람들을 만족스럽게 했다.

그리고 이튿날.

남궁혁과 일행은 해남검문의 사람들과 함께 여모봉으로 출발했다.

해남검문이 특별히 남궁장인가의 여모봉 출입을 허락했기 때문이었다.

여모봉으로 가는 길 또한 여유롭기 그지없었다.

산에 들어선 이후에도 산세는 가파르지 않고 완만했으며, 풀과 나무 들은 처음 보는 희귀한 것들이 많은 데다 해남검문 사람들이 재촉하지 않아 이동은 느긋하게 이뤄졌다.

다른 이들이 단순히 구경에 그쳤다면, 남궁혁과 천유는 산길을 가는 내내 그야말로 눈을 반짝이며 관찰하는 데 여념이 없었다.

"돌에 철이 많이 함유되어 있네요. 해남도 광물자원이 풍부한가 봐요?"

남궁혁의 말에 환서영이 빙긋 미소 지었다.

"예. 유은하 사제의 대장간에는 늘 해남도에서 채굴된 철이 공급되지요. 이 근처의 석록 철광에서 생산되는 철의 질이 좋다고 합니다. 유 사제는 반드시 석록 철광의 철만 사용할 정도지요. 그 외에도 회중석과 주석 등 쓸 만한 것이 많습니다."

"그 정도라니. 제가 왜 해남도 철의 명성을 못 들었을까요?"

"아마 해남도 밖으로는 잘 반출이 안 되기 때문일 겁니다. 반출되더라도 여기서 섬서까지는 운송하기도 힘들 테고요. 여모봉으로 돌아가면 남궁장인가로 석록 철을 일부 보내 드리지요."

"굳이 안 그러셔도 되는데……."

"어렵게 모신 장인께 그 정도 편의도 못 봐 드리겠습니까."

환서영의 말에 남궁혁이 고개를 끄덕였다. 기껏 친절을 베푼 사람에게 거절을 하는 것도 썩 모양새가 좋지 않은 법이다.

"정말 감사합니다. 철도 철이지만 나무도 좋은 것들이군요. 이 나무를 숯으로 만들면 화력이 얼마나 나오려나⋯⋯."

남궁혁은 단단한 야자수를 주먹으로 툭툭 두드리며 중얼거렸다.

천유는 이미 해남검문의 무사 둘과 기린대 무사 둘을 대동하고 새로운 약초를 캐고 합류하겠다며 산 안으로 사라진 지 오래였다.

게다가 자연의 기 또한 맑디맑은 것이 남궁혁의 마음에 쏙 들었다.

아무래도 중원에 비해서 사람이 적은 데다가 바다 한가운데 있어서 그런 모양이었다.

'이럴 줄 알았으면 기린대 핵심 대원들을 더 데려올걸.'

양명을 비롯한 핵심 대원들은 기린표국이 자리를 잡도록 매 표행마다 따라다니고 있어 아쉽게도 이번 남궁혁의 일에는 빠질 수밖에 없었다.

남궁혁이 해남파형검을 수리하는 동안 기린대원들이 이 맑은 기 속에서 수련을 했다면 참 좋았을 텐데.

데려온 이들이라도 수련을 시켜야겠다고 마음먹으며 남궁혁은 발을 옮겼다.

　　　　＊　　　＊　　　＊

　해가 저물 무렵, 일행은 여모봉 초입에 들어섰다.

　제각기 다른 높낮이를 가진 봉우리 다섯 개가 일행의 눈에 들어왔다. 저것이 바로 해남도의 다섯 여신을 상징하는 여모봉인 모양이었다.

　그리고 그 깊은 계곡 안에 마치 신선들이 사는 것 같은 암자와 전각들이 세워져 있었다.

　최근 제갈화영으로부터 짬짬이 진법에 대한 설명을 듣는 남궁혁은 그 전각들이 그냥 세워진 게 아님을 눈치챘다.

　"과연 해남검문이군요. 해적들이 쳐들어왔을 때 최후의 보루로서 만들어진 요새 같은데요."

　"눈썰미가 좋으시군요."

　환서영이 빙긋 웃었다.

　"해적들이 대대적으로 침입하면 해남도의 주민들은 도망칠 곳도 없지요. 때문에 해남검문은 그들을 수용해 보호하기 위해 다양한 준비를 갖추고 있답니다."

　그렇게 얘기를 나누는 동안 그들은 환서영의 안내를 따라 해남검문의 정문에 도착했다.

　늦은 시간인데도 해남검문의 사람들은 남궁장인가 일행의 도착을 기다리고 있었다.

그중 환서영과 나이가 비슷해 보이는 중년의 여인이 남궁혁의 앞으로 다가왔다.

척 봐도 기도가 보통이 아닌지라, 남궁혁은 그녀가 해남검문의 장문인이라는 것을 눈치챘다.

"안녕하십니까, 장문인. 남궁장인가에서 온 남궁혁이라고 합니다."

남궁혁이 먼저 예의 바르게 인사를 하자 해남검문 장문인의 얼굴에 부드러운 미소가 감돌았다.

"어서 오시오. 먼 길 오느라 수고가 많으셨소. 무리한 부탁을 들어주어서 감사하오."

"아닙니다. 해남파형검 정도의 신물을 수리할 수 있다는 건 장인으로서도 영광이지요."

남궁혁과 일행들은 장문인의 안내를 받아 해남검문 안으로 들어섰다.

내부는 다른 문파들과 크게 다를 게 없었다.

여기저기 마련된 어린 제자들을 위한 연무장에서는 아직도 기합소리가 울려 퍼졌고, 늦은 시간이라 문도들은 하나둘 조를 꾸려 순찰을 돌고 있었다.

장문인은 남궁장인가 사람들을 위해 준비한 귀빈용 숙소 앞에 그들을 데려다주었다.

"원래대로라면 그대들을 위한 환영 연회를 열려고 했으

나 너무 늦은 시간인 듯하구려. 우선 휴식을 취하시는 게 좋겠소."

"해남파형검의 수리는 언제부터 하면 될까요? 수리 방법에 대해 고민을 해 봐야 하니 우선 검의 상태부터 확인하고 싶은데요."

검의 재질이나 형태에 따라 준비해야 할 것도 달라지니 상태 확인은 빠르면 빠를수록 좋았다.

수리할 때 필요한 재료가 이곳에 없다면 그것을 구하는 데만도 시간이 꽤 걸리지 않겠는가.

보통 장인이라면 세월아 네월아 해남검문에서 좋은 대접을 받으면서 시간을 보내도 상관없겠지만, 남궁혁은 돌봐야 할 자신의 세력이 있는 소가주인지라 그럴 수 없었다.

그런 남궁혁의 마음을 이해한다는 듯 장문인이 고개를 끄덕였다.

"해남파형검은 내당의 신물을 보관하는 사당에 있소. 다만 여기 귀빈용 숙소가 있는 외당과 달리 내당은 오로지 여인만이 들어갈 수 있지. 그대는 특별히 우리쪽에서 방문을 요청한 손님이니 내당에 들어갈 수 있도록 조치해 둘 것이오. 허나 다른 이들은 함께 들어갈 수 없는데, 그래도 괜찮겠소?"

"그 정도는 이미 생각하고 온 것이니 상관없습니다."

금남의 문파라고 알려진 해남검문에서 이 정도로 호의적인 반응을 보여 준 것이나, 아무리 남궁혁 혼자라고는 하나 내당에 발을 디딜 수 있게 허락해 준 것은 이미 대단한 결정이었다.

"그러면 그대는 나를 따라오시오. 다른 분들은 여기서 휴식을 취하도록 안내하게."

"저 다녀올게요."

남궁혁은 일행들에게 귀빈용 숙소에서 쉬고 있으라 당부한 후 장문인과 환서영의 뒤를 따라 걸었다.

"그런데 몇 가지 궁금한 게 있습니다."

"뭔지 말해 보시오."

"유 장인이 신물을 고치다 앓아누웠다는 소문을 들었는데. 그 소문이 사실인가요?"

장문인은 그 말에 고개를 끄덕였다.

"그렇소. 신물을 고치다가 병이 났지. 그게 이상하오?"

"유 장인께서는 해남검문의 무공도 익힌 분 아니신가요? 그런 분이 검을 수리하다가 앓아누우셨다니 좀 이상해서요."

"유 사제는 훌륭한 장인이오. 그대도 단기간에 엄청난 명성을 얻었지만, 유 사제는 여인의 몸으로 십 년 넘게 사대장인의 자리를 지켜왔지. 그대 말대로 무공 또한 다른 이들

에 못지않건만, 그런 이가 앓아누울 정도니 해남파형검을
신물이라고 부르는 거 아니겠소."

장문인의 말에 남궁혁이 침을 꼴깍 삼켰다. 사실 오면서
걱정했던 부분이었다.

만약 신물이 정말 '신물'이라 불릴 정도로 어떤 힘이 있
다면?

중원 무림의 오랜 역사 속에 그런 기이한 검에 대한 이야
기는 대대로 전해져 내려왔다.

말을 할 수 있는 검, 주인의 뜻에 따라 움직이는 검, 마치
살아 있는 것처럼 스스로 검기와 검강을 피어 올리는 검,
피를 먹고 귀물이 되어 주인을 저주하는 검 등등…….

그러한 검들은 대장장이에게 있어 꿈의 대상이었다.

망치와 집게로 의지를 가진 존재를 탄생시키는 것이 아
닌가.

개중에는 자연의 법도를 깨는 일이다 하여 사도라고 여
기는 장인도 있긴 했지만, 그래도 망치를 잡는 이라면 누구
나 한 번쯤 꿈꿔 본 일이랄까.

그러나 이게 만들 때라면 즐겁고 신이 날 텐데, 수리해야
하는 입장이 되니 골치가 아팠다.

이미 자아가 형성된 존재에 함부로 손을 댔다간 큰 해를
입을 수 있는 것이다.

유은하쯤 되는 장인이 앓아누울 지경이라니 더더욱 그랬다.

어쩌면 남궁혁의 장인 인생을 걸고 덤벼야 하는 존재가 아닐까.

그렇게 생각하니 받기로 한 보수인 금 만 냥도 적게 느껴졌다.

갑자기 안색이 굳은 남궁혁을 본 장문인이 깔깔 웃었다.

"너무 겁먹지 마시오. 그런 것을 다 고려하여 그대에게 청한 것이니."

"굳이 저를 부르신 이유가 따로 있으신 겁니까? 소거에 의한 것이 아니고요?"

"당연한 것 아니겠소."

사실 남궁혁은 자신이 선택된 이유가 일종의 소거에 의한 것이라 생각하고 있었다.

신물이라고 불릴 만한 검을 수리할 수 있는 장인은 남궁혁을 포함해 사대장인 정도.

그중에서 유은하는 쓰러졌고, 당가의 장인은 폐관에 들어갔으며, 황실의 장인은 해남검문 정도가 불러낼 수 있는 이가 아니다. 거기에 빙궁의 장인 또한 자파에서 나오지 않는 것으로 유명하다.

그만한 실력자들이 어디에 은거해 있을지는 모르는 일이

고, 수면 위에 드러나 있는 이는 남궁혁뿐.

거기에 남궁혁은 같은 정파인인 데다가 다양한 문파에게 검을 만들어 주는 등 교류를 서슴지 않았으니, 해남검문으로서는 찔러 볼 만한 상대라고 생각했으리라.

그런데 굳이 자신을 지목한 이유가 있었다니?

"엄밀히 말하자면 소거에 의해 그대에게 요청한 것이 맞긴 하오. 해남파형검은 지금 너무 많은 음기로 인해 고통받고 있기 때문이지."

"아……!"

남궁혁은 이해가 갔다는 듯 고개를 끄덕였다.

해남검문은 여인의 문파이고, 해남파형검은 해남검문의 시조 때부터 장문인에게 계속 전해져 왔던 검이다.

그러니 자연 오랜 세월 동안 음기가 가득한 내기를 검에 둘렀을 것이다.

아무리 음한기공을 익히지 않았다고 해도, 체질상 타고난 기가 섞이기 마련이니까.

기의 발출을 원활하게 만드는 것이 무림의 검이지만, 그 재료인 철도 기를 지닌 것이므로 점점 기가 흡수되기 마련이다.

장문인의 말로 미루어 보아, 해남파형검은 현재 음기가 가득한 상태.

여인인 유은하가 그걸 고치려 들었으니 탈이 날 수밖에 없다.

음양의 균형을 이루지 못하고 음기가 더욱 날뛰었을 테니까.

황실이야 애초에 못 데려온다고 쳐도, 빙궁의 장인을 청하지 않은 것도 이해가 갔다.

"그치만 당가의 장인께서도 계시지 않습니까?"

"그는 나이가 많지 않소. 음기가 가득한 신물을 다루는데 그가 힘이나 쓸 수 있을까. 그래서 젊은 자네가 적격이라고 생각했소. 자고로 남자는 젊고 팔팔한 것이 최고지."

장문인의 말에 남궁혁은 웃어야 할지 울어야 할지 모르는 애매한 얼굴이 되었다.

그의 겉껍데기는 이십대 청년이지만. 속 알맹이는 장문인보다 두 배는 더 산 노인이었으니까.

"자, 그러면 슬슬 신당의 문을 열어 볼까."

그렇게 얘기를 나누는 사이 어느덧 내당을 지나쳐 신당의 앞에 도착해 있었다.

장문인이 문 앞에 걸린 걸쇠를 빼고 문을 연 순간, 남궁혁은 자신도 모르게 신당 안으로 성큼 발을 디뎠다.

신당에 마련된 제단 위에는 한 자루의 검이 놓여 있었다.

물결치는 파도 같은 검 날을 가진 특이한 검.

보는 것만으로도 쏴아아— 하는 파도소리가 들리는 것처럼 엄청난 기를 머금고 있는 검.

이것이 바로 해남검문의 신물이자 절세신병 중 하나인 해남파형검.

그것이 두 동강이 나 있었다.

남궁혁은 두 동강이 난 해남파형검에 다가갔다.

"만져 봐도 좋소."

남궁혁이 뭘 기다리는지 눈치챈 장문인이 허락을 내렸다.

아무리 검을 고치러 온 사람이지만 타 문파의 신물을 허락도 없이 만질 수는 없으니까.

장문인은 그런 남궁혁이 더욱 마음에 든다는 듯 흐뭇하게 웃었다.

남궁혁은 해남파형검의 조각과 손잡이 부분을 잡고 조심스럽게 들어 올렸다.

해남파형검의 인상은 첫 번째로, 가벼웠다. 그리고 단단했다.

부러진 검날을 가볍게 손가락으로 퉁겨 보자 훌륭한 탄성과 함께 좋은 울림이 났다.

거기에 손으로 느껴지는 강렬한 음기.

남궁혁이 저도 모르게 손에 강기를 둘러야 할 정도로 검에서는 강대한 기운이 흘렀다.

부러진 검이 이 정도 기운을 내뿜을 정도라니, 수리를 한다면 얼마나 대단해질까.

과연 신검이라 부를 만한 명검이었다.

"그래. 고칠 수 있겠소?"

남궁혁이 한참 동안 해남파형검을 살피자 장문인이 조심스럽게 물었다.

그러면 고칠 수 있을 거라 생각하고 청했지만, 남궁혁이 실물을 보고 못 고치겠다고 할 수도 있는 일이다.

이대로 신물을 부러진 채로 두어야 할지도 모르니 장문인의 목소리에는 긴장감이 서려 있었다.

다행히 남궁혁의 입에서는 긍정적인 답변이 나왔다.

"일단 고쳐 봐야 알 것 같기는 합니다만, 불가능하지는 않을 것 같습니다."

"다행이구려."

장문인과 환서영 총관이 동시에 안도의 한숨을 내쉬었다.

내내 말없이 조용히 있었지만 환서영도 내심 긴장했던 모양이다.

남궁혁은 검을 내려놓고 환서영 쪽을 돌아보았다.

"대신 재료가 좀 필요할 것 같습니다. 신물의 주 재료가 만년한철이라서요. 보강하는 데 들어갈 만년한철, 만년한철의 음기를 다스릴 수 있는 석류적(石硫赤), 만년한철을 녹일 수 있는 화력을 만드는 세 종류의 장작이 필요합니다. 그리고 이걸 고칠 만한 시설이 있는 대장간도요."

"당연하오. 이미 유 사제의 대장간을 정리해 두었소. 유 사제의 대장간은 내당 내에 있으니, 숙소로 돌아가기 전 둘러보고 가시오. 환 총관이 안내를 해 주면 되겠지."

"예, 장문인. 재료들도 제가 장부를 확인하고 바로 내어 드리겠습니다."

장문인은 그렇게 말하고 먼저 돌아갔다.

환서영은 장문인 대신 남궁혁을 유은하 장인의 대장간으로 안내했다.

유은하의 대장간은 생각보다 아담했다. 사천당가에서 봤던 대장간이 남궁장인가의 건물 세 채 수준으로 크고 웅장했던 것과는 정 반대였다.

오히려 남궁혁의 개인 대장간 크기에 가깝다고나 할까.

유은하의 명성과는 어울리지 않는 대장간인 건 확실했다. 남궁혁이 의아한 눈치를 보이자 환서영이 말했다.

"유 사제는 남들과 함께 작업하는 걸 별로 좋아하지 않습니다. 큰 망치를 잡는 제자 한 명과만 일하기 때문에 대장간이 작지요."

"그렇군요. 그러면 그 제자분도 앓아 누우셨나요?"

"예, 그렇습니다. 그러고 보니 장인께서도 보조할 분을 데려오셨나요?"

"아뇨. 필요 없습니다."

남궁혁은 어깨를 으쓱였다.

원래 대장장이의 역할은 둘로 나뉜다.

큰 망치로 형태를 만드는 보조 역할과 집게질, 작은 망치질로 세부적인 특징을 잡아 가는 주 역할이 있다.

그중 주 역할을 야장, 철장이라고 부르는 건데, 사실 대장간 안에서나 이를 구분하지 사람들은 그냥 대장장이를 통틀어 야장이라고 부르는 경우가 많았다.

그런데 남궁혁은 딱히 보조를 두지 않은 상태로 일하고 있었다.

작은 망치만으로도 충분히 큰 망치의 역할을 다할 수 있으니까.

남궁혁이 가진 내공과 기술이 그것을 가능하게 했다.

지금도 남궁장인가 내에서 보조 없이 검을 만들 수 있는 건 남궁혁이 유일했다.

그래서 제자인 진우도 데려오지 않은 것이다.

게다가 검을 하나 만드는 것이라면 모를까, 이번 일은 수리하는 것뿐이니까 굳이 보조가 필요하지 않았다.

처음부터 끝까지 혼자 하는 걸 더 좋아하기도 하고.

"그렇군요. 그러면 안으로 들어가서 둘러보시죠."

환서영이 대장간의 문을 열자 남궁혁이 조심조심 안으로 들어갔다.

남의 대장간에 주인 없이 들어가는 일이었으니까.

대장간 내부는 외부와 마찬가지로 아담했다.

남궁혁은 작은 대장간 내를 둘러보며 기물의 위치와 구조를 익혔다.

아무래도 물건들이 손에 익으려면 뭐라도 한 번 만들어 보는 게 좋을 거 같았다.

남궁혁은 뒤에 있는 환서영을 돌아보며 물었다.

"필요한 재료는 언제까지 준비될까요?"

"만년한철은 문파 내에 재고가 있으니 괜찮습니다만, 석류적은 수소문을 좀 해 봐야 할 것 같습니다. 아마 해남도 내에서 구할 수는 있을 겁니다. 그 외에 만년한철을 녹이기 위한 장작은 기존에 유 사제가 쓰는 것이 있으니 그걸 쓰시면 될 것 같습니다."

환서영의 말에 남궁혁은 유은하가 쓰는 화로로 다가가 그 옆에 쌓여 있는 장작과 숯을 살펴보았다.

소나무, 가문비나무, 미송과 낙엽송 등의 장작이 나무껍질이 붙은 채로 잘 관리되어 쌓여 있었다. 척 봐도 최소 일

년 이상 건조시킨 상등품이었다.

거기에 섬서에서는 보기 힘든 졸가시나무가 한 편에 따로 놓여 있었다.

주로 해변가에서 자라며 거센 해풍을 맞아 단단하게 자라는 최고의 숯 재료!

참나무로 만든 숯과는 비교가 안 되는 화력과 지속력을 자랑하는 장작이 이렇게 수북이 쌓여 있다니. 과연 유은하의 대장간이었다.

"장작은 이정도면 될 것 같네요. 내일 시험 삼아 뭘 좀 만들어 봐도 될까요?"

"물론입니다. 그렇게 일일이 허락받지 않으셔도 괜찮습니다."

"그래도 남의 대장간을 쓰는 거니까 예의는 지켜야죠."

남궁혁도 누가 자기 대장간을 쓴다면 이 정도 예의는 지켜 주길 바랄 테니까.

유은하쯤 되는 장인이라면 당연히 그렇게 생각하리라.

남궁혁은 그렇게 말하고는 대장간을 나섰다. 그리고 다시 환서영의 안내를 받아 숙소로 돌아갔다.

*　　　*　　　*

이튿날 아침.

남궁혁은 장문인의 아침 식사 초대도 마다하고 내당의 대장간에 들어갔다.

아직 해남파형검을 수리하기 위한 재료가 다 준비된 게 아니었기에 해남파형검은 없었다.

대신 남궁혁이 부탁한 나머지 재료들은 대장간에 다 갖춰져 있었다.

주인인 유은하가 자리를 비운 탓에 먼지가 쌓인 화로에 불을 올리고, 만족스러울 정도로 화력이 올라가자 남궁혁은 적당히 재료를 골라 쇳물을 만들었다.

부러진 검을 수선할 때 주조나 합금까지 할 필요는 없었다.

부러진 부분을 녹인 후 붙여서 다시 잘 두드리고 날을 세우면 그만이니까.

하지만 어제 상태를 확인해 본 바, 남궁혁은 해남파형검이 가진 음기의 균형을 맞출 필요성을 느꼈다.

그러기 위해서는 검을 녹여서 새로이 합금을 해야 하는데, 그건 해남검문이 원하는 바가 아니었다.

대대로 내려온 신물을 그대로 유지하기를 원하니까.

그래서 남궁혁이 밤새 생각한 끝에 내린 결론은, 얇은 판을 만들어 검 면 위에 덧붙이는 방식이었다.

바다 건너 왜국의 검 제작 방식을 응용한 것이다.

왜국의 검은 넓게 편 쇠를 접고 접은 후 두드려서 경도와 탄성을 극도로 높인다. 통 쇠를 두들겨 만드는 중원의 방식과는 정반대였다.

이 방법으로 검을 수선하면 원래 해남파형검의 형상도 유지하고, 그러면서 겉면을 덧대기 때문에 단순히 부러진 부분을 녹여 붙이는 것보다 단단해진다.

거기에 덧붙이는 쇠의 양기와 해남파형검의 음기를 적절히 조화시키면 해남파형검은 이전보다 더욱 위력적인 검이 될 수 있었다.

그걸 위해서 지금 덧붙일 용도의 쇠를 만들어 보고 있는 것이다.

음기를 가진 쇠는 단단하다. 하지만 동시에 약하다. 금속을 추운 곳에 갖다 두면 쉽게 부러지듯이.

반대로 양기를 머금은 쇠는 무르다. 그러나 이는 유연함을 의미한다.

해남파형검은 원래 사용된 만년한철이 음기를 지녔으나, 검을 만든 장인의 기술로 유연함을 부여한 검이었다.

그랬던 것이 음기가 계속 축적되면서 쇠가 굳고, 결국 부러지게 된 것이다.

사실 해남검문의 검술은 세검이 잘 어울리는 검법이고

유연성이 필요해 양기를 머금은 검이 더 잘 어울린다.

그런데 여성이 사용하는 검을 만년한철로 만들기까지 했으니.

물론 남궁혁은 왜 과거의 장인이 해남파형검을 만년한철로 만들었는지 이해할 수 있었다.

여기는 남쪽이다. 지리적으로 양기가 많은 곳.

그러니 이곳에서 최고로 치는 쇠의 종류는 음한 성질의 쇠일 수밖에 없다.

아마 그 당시 해남파형검을 만든 장인의 최선은 만년한철이었으리라.

그게 시간이 지나면서 한계를 드러낸 것일 뿐.

"다 됐다."

시뻘겋게 달아오른 쇳물의 상태를 보던 남궁혁이 주조틀에 쇳물을 부었다.

평소에 남궁혁이 다루던 쇳물에 비해 훨씬 더 붉은빛을 띤 그것은 남궁혁의 망치질에 점차 모양이 잡혀 가기 시작했다.

쾅! 쾅!

정교한 집게질과 망치질이 쇠의 모양을 다듬었고, 남궁혁이 특별히 부탁한 해남도의 바닷물이 쇠막대의 열기를 식혀 냈다.

남궁혁이 지금 만들고 있는 것은 한 자루의 검이었다.

해남파형검에 덧댈 합금을 만들어 볼 겸 대장간의 구조를 익히기 위해서였다.

쇠막대가 점점 검의 형태가 되어 갈수록 남궁혁의 손도 빨라졌다.

점차 이 대장간의 구조가 몸에 익기 시작한 것이다.

평생 한 대장간에서만 작업한 사람이라면 이런 일이 쉽지 않으리라.

낯선 장소에 익숙해지는 데만 최소 열흘은 필요할 것이다.

그 열흘 간 일을 못하는 건 아니지만, 실수도 잦아지고 실력을 십 할 전부 발휘할 수가 없다.

하지만 남궁혁은 이전 삶에서도 다양한 대장간에서 일을 해 봤으며, 이번 삶에서도 그랬다.

거기에 시시각각 변하는 전투 상황에서 검을 다양하게 응용할 수 있는 실력자였다.

움직이는 적들도 상대해 본 사람에게 가만히 제자리에 있는 대장간 기물들에 적응하는 것쯤이야.

남궁혁은 이제 집게와 망치를 내려놓고 숫돌을 꺼내 검날을 갈기 시작했다.

그리고 적당히 손잡이를 조각한 다음 한 자루의 검을 완성했다.

새로운 환경에 적응하기 위해 만든 시범용 검이라고는 하나, 남궁혁의 손에서 완성된 만큼 그 품질은 탁월했다.

남궁혁이 가볍게 검을 흔들자 검은 마치 갈대처럼 낭창낭창하게 휘어졌다.

양기를 머금은 재료를 양껏 넣은 결과였다.

"흐음, 이거 괜찮은데?"

남궁혁은 시범 삼아 만든 검이 마음에 드는 듯 대장간 안에서 몇 개의 동작을 취했다.

검의 성질이 연한 만큼 찌르는 검식은 어려웠지만, 대연검법처럼 자유자재로 움직여야 하는 검에는 생각 이상으로 잘 맞을 것 같았다.

거기에 남궁혁이 검세를 취할 때마다 검신에 은은한 붉은빛이 감도는 것이 미학적으로도 훌륭했다.

"마음에 드는데 이거 내가 갖고 가도 되려나? 언제 검무 같은 거 출 때 쓸 만하겠는걸?"

낭창낭창한 것이 검무를 추기에 딱 좋은 검이라 남궁혁은 그 검이 마음에 쏙 들었다.

하지만 해남검문의 재료와 대장간을 이용해 만든 것이니 챙겨 가려면 해남검문의 허락을 받아야 했다.

해남파형검도 고쳐 주는 마당에 검 한 자루쯤이야 당연

히 가지라고 하겠지만, 그래도 허락은 받아야 하니까.

"일단 이건 여기 두고, 해남파형검 수리 마치면 얘기해 봐야겠다."

수리를 마치기도 전에 검을 달라고 하는 건 좀 버릇없어 보이지 않은가.

남궁혁은 새로 만든 검을 장작 사이에 쑥 집어넣었다.

이제 재료만 다 갖춰지면 해남파형검을 수리할 준비를 할 수 있을 것 같았다.

*   *   *

해남검문 장문인의 아침은 새벽 일찍 시작한다.

내륙이었다면 아직도 밤이겠지만 사방이 수평선으로 둘러싸인 해남도에서는 새벽녘에도 하늘이 훤히 밝았다.

장문인은 하늘을 바라보며 지그시 미소를 지어 보였다.

오랜만에 맞이하는 맑디맑은 새벽녘이었다.

며칠간 구름이 짙고 바람이 거세게 불어 태풍이라도 오는 것이 아닐까 걱정했는데.

구름이 끼다가 갑자기 맑아지는 현상은 오히려 거센 태풍의 전조라는 말도 있었지만 오늘의 하늘은 그런 징조가 전혀 보이지 않을 정도로 청명했다.

"다시 해신이 해남검문을 굽어살피시는 걸까."

그녀는 집무실로 향하며 내당의 서쪽을 바라보았다.

그쪽에는 유은하의 대장간이 있었다.

닷새 전 도착한 섬서의 장인 남궁혁이 거기서 해남파형검을 수리하고 있었다.

정확히는 수리에 들어간 것은 어제 오후부터. 그때부터 대장간의 화로에서는 끊임없이 연기가 뭉게뭉게 올라오고 있었다.

장문인은 왠지 느낌이 좋다는 생각을 했다.

지난번 유은하가 해남파형검의 수리에 들어갔을 때는 이상하게 안 좋은 예감이 들었고 그것이 적중했기 때문에, 이번에 드는 좋은 예감도 들어맞을 것 같았다.

해남파형검이 망가진 이후로 해남검문에는 안 좋은 일들이 연달아 터졌다.

무림맹 비무 대회에서 마교의 준동으로 많은 제자들이 죽은 데다가 그때 무림맹에 파견 나가 있던 문파원의 언행 때문에 해남검문에 대한 인식도 좋지 않아졌다.

게다가 중원 본토와는 거리가 있어서 마교와의 일전에 힘을 보태지도 못했다.

해남검문에 소식이 닿을 때 즈음이면 언제나 일이 마무리된 후였으니까.

그렇다고 중원 쪽에만 신경을 오롯이 쏟을 수도 없었다. 연례행사와 같은 해적들의 침입이 올해 들어서 대대적으로 증가한 데다가 유은하와 그 제자가 쓰러지고 검후가 실종되는 등 내부적으로도 일이 많았기 때문이다.

검후가 자리를 비우는 것이야 평소에도 종종 연락 없이 어디론가 훌쩍 여행을 떠나는 사람이니 그렇다 치고 넘어갈 수 있었지만 이번에는 좀 달랐다.

검후를 지금의 자리로 올려 준 검, 유은하가 만든 유성천허검을 남겨 둔 채 사라진 것이다.

무인이 검을 두고 사라지다니. 정말 신변상에 무슨 문제가 있지 않은 이상 일어날 수 없는 일이었다.

게다가 그냥 검도 아니고, 사제인 유은하가 만들어 준 데다가 그 의미도 깊은 검인데.

워낙 큰일이라 아직까지는 세간에 공표하지 않고 조용히 검후의 행방을 찾고 있었지만 그것도 슬슬 한계에 봉착해 있었다.

해남검문은 무를 숭상하고 그 한계를 엿보기 위해 노력하는 문파였지만, 바다 한가운데 섬에 위치한 터라 그 특유의 토속신앙과 뗄 수 없는 관계였다.

그래서 일련의 사건들을 알고 있는 장로들 사이에서는 해신이 노할 만한 일을 저질러서 해남파형검이 부러지고 이런 일들이 벌어진 것 아니냐는 말도 돌고 있었다.

물론 장문인은 이성적으로 문파를 이끌어 가야 하는 사람이므로 그런 말들에 휘둘리지는 않았지만, 그래도 신경이 쓰이는 건 사실이었다.

그래도 드디어 해남파형검을 수리할 장인을 불렀고, 그 장인이 수리할 수 있을 거 같다는 말을 했으니 마음이 한결 놓였다.

유은하가 쓰러졌을 때는 정말 어쩌나 싶었는데, 총관 환서영이 남궁혁을 부르자고 건의해서 얼마나 다행이었는지.

그렇게 장문인이 집무실에 도착했을 때.

환서영이 그녀를 부르면서 허겁지겁 달려왔다.

"장문인! 장문인!"

"음? 이 새벽부터 무슨 일이오, 환 총관? 그대답지 않게 이렇게 허둥대다니."

"해남파형검의 수리가 거의 끝났다고 합니다!"

"아니, 벌써?"

장문인은 집무실로 들어가려는 발을 돌려서 바로 유은하의 대장간으로 향했다.

마음 같아서는 신법을 써서 빠르게 달려가고 싶었지만, 무공을 폐한 환서영과 함께 가야 했기에 무공을 쓸 수는 없었다.

빠르게 달리면서도 장문인의 마음은 답답하기만 했다.

유은하도 최소 이레는 걸린다고 했던 해남파형검인데, 그걸 고작 하루 만에 수리하다니?

대장간 앞에 도착한 장문인과 환서영은 대장간을 둘러싼 감시 무사들의 인사를 받았다.

비록 해남검문 내당 안이었지만 신물을 타인에게 맡긴 상황이니 감시를 할 사람을 두어야 한다고 환서영이 주장했기 때문이다.

일리가 있는 말이었기에 장문인도 허락했고, 남궁혁도 받아들였다.

물론 대장간 안에 타인이 있으면 신경이 쓰인다는 남궁혁의 의견에 대장간 바깥에서 감시하는 걸로 타협하긴 했지만.

장문인과 환서영이 안으로 들어가자, 남궁혁은 날을 세우는 작업을 마무리하고 있었다.

"아, 오셨네요."

"수리가 마무리됐다는 말을 듣고 발에 불이 나도록 뛰어왔소."

"뛰어오신 보람이 있네요. 마침 작업이 끝났거든요."

남궁혁은 마지막으로 검을 물에 담가 쇳가루를 씻어 낸 후, 깨끗한 천으로 닦았다.

그리고 검을 검갑에 담아 장문인에게 건넸다.

이왕 하는 김에 낡은 검갑도 손을 본 덕분에 금과 은, 그리고 보석으로 장식된 검갑은 그 어느 때보다도 찬란하게 빛나고 있었다.

장문인은 감격스럽다는 듯 해남파형검을 받아 들었다.

그리고 조심스럽게 검을 뽑아 보았다.

스윽—

해남파형검은 뽑히는 소리조차 거의 들리지 않았다.

이렇게 검날이 독특한 검으로서는 있기 힘든 일이었다.

그만큼 남궁혁이 이리저리 튀어나온 검날을 균형 있게 잘 다듬었다는 뜻이었다.

해남파형검은 얼핏 보기에는 일전과 같은 검처럼 보였다.

하지만 이 검의 실질적인 소유자인 장문인은 검이 일부분 바뀌었다는 것을 눈치챘다.

원래 만년한철로 만든 검은 검기를 두르지 않아도 검면에 은은하게 푸르스름한 기운을 띄었다.

한동안 음기가 지나치게 많이 쌓여 부러질 정도였던지라 최근엔 그 푸른빛이 뚜렷이 보일 정도였다.

하지만 그 푸른 기운이 대부분 사라진 데다가, 검의 중심에서는 은은한 붉은빛이 돌기도 했다.

이미 남궁혁에게서 수리 방향에 대해 들었던 터라 장문인은 놀라거나 당황하진 않았다.

오히려 검을 쥐었을 때 느껴지는 균형감이 원래의 해남파형검보다 더 좋아 훨씬 만족스러웠다.

"장문인. 검을 시험해 보시지요."

환서영 또한 장문인의 뒤에서 감격스러운 얼굴로 검을 보더니 말을 건넸다.

"좋은 제안이오. 장인, 함께하겠는가?"

"해남도를 호령하는 해남검문의 검을 견식할 수 있다니 더없는 영광입니다."

남궁혁이 응하자 장문인은 사람들을 이끌고 가까운 곳에 있는 연무장으로 향했다.

연무장에서 수련하고 있던 이대 제자들도 장문인이 해남파형검을 쥐고 검을 시연한다는 말에 구경꾼이 되어 몰려들었다.

현경의 경지에 올랐다는 검후까지는 아니어도 장문인 역시 충분히 손색없는 고수였으니까.

장문인이 연무장의 중앙에 서서 해남파형검을 뽑은 순간, 검이 궤적을 그리며 허공을 가르기 시작했다.

해남검문의 검은 진정한 의미에서 검과 하나가 되는 검법이라 알려져 있다.

해적을 상대하다 보니 배 위에서의 전투가 잦고, 때문에 신형을 움직이는 것이 여러모로 평지 위에서 싸우는 것보다 자유롭지 못하다.

그러므로 검이 제 몸과 같은 수준이 되어야 상대를 제압할 수 있다.

마치 신체의 일부처럼 검을 휘두르는 해남검문의 검법을 일컬어 혹자는 '그것은 검법이 아니라 권법이나 체조에 가깝다.'라고 혹평하기도 했다.

많은 검공이 손발을 자유롭게 쓰며 검을 보조하긴 하지만, 해남검문의 무공만큼 신체의 공격과 방어가 검의 사용과 거의 비슷한 빈도인 것은 드물기 때문이다.

배 위에서 뿐 아니라 깊디깊은 바닷물 속, 발이 푹푹 빠지는 모래사장, 민가, 산속 등 온갖 곳에서 싸우다 보니 자연스럽게 발달한 무공인 셈이었다.

특히 바닷물 속에서 싸우려면 검을 휘두르는 것 이상으로 신체를 자유자재로 움직일 수 있어야 하니까.

그래서 해남검문의 무공은 다른 문파의 무공보다 진입 장벽이 높았다.

대신 그 장벽을 넘어설 수만 있다면 웬만한 대문파의 고수와도 능히 겨룰 수 있는 실력을 갖추게 된다.

처음부터 신검합일을 기준으로 두고 검을 가르치는 데다

가 다른 정파의 무인들에 비해 실전을 치를 일이 많기 때문 이었다.

그런 어려운 길을 거치고 해남검문을 대표하는 장문인의 자리까지 오른 여인의 검은 그야말로 탁월했다.

똑같은 화경의 경지를 이룩한 남궁혁의 눈에도 장문인의 검은 남달라 보였다.

남해 삼십육검의 초식이 해남파형검을 통해 하나하나 시 연되자, 독특한 검날은 마치 그 자체로 거친 파도가 치듯 움직였다.

장문인은 마치 자신이 파도가 된 듯, 바다가 된 듯 움직 이고 있었다. 그건 마치 남궁혁이 대연군림검을 펼칠 때와 같았다.

대연군림검 또한 자연 그 자체가 되어 검을 놀리는 것. 그것을 통해 가장 자연스러운 검의 길을 따라 움직여 승세 를 잡는 것이다.

장문인의 남해 삼십육검은 그런 점에서 비슷하되 조금 다른 점이 있었다.

남궁혁은 그것이 해남검문에서 강조하는 신검합일의 마 음가짐 때문이 아닐까 추측했다.

아무래도 대장장이라는 업의 특성상 남궁혁은 검을 도구 로 여기는 부분이 있으니까.

그건 검을 쥐는 데 익숙해지는 것과는 전혀 다른 종류의 문제였다.

'비슷한 경지의 검을 구경하는 것만으로도 확실히 공부가 되긴 하는군.'

그래도 그런 차이점이 있다는 것을 깨달을 수 있다는 것이 다행이었다.

이렇게 계속 남의 검을 견식하다 보면 자신의 한계도 깰 수 있지 않을까?

집으로 돌아가면 정말 자신의 무위만을 위한 여행을 떠나는 것도 괜찮겠다는 생각이 들었다.

지금까지 남궁혁이 외유를 떠났던 건 주로 세가를 발전시키기 위한 목적이 대부분이었지 남궁혁 스스로를 위해서 떠난 것은 없었다.

사실 이번 삶을 살면서 스스로만을 생각하고 살았던 적은 한 시도 없었던 것 같았다.

언제나 머리 뒤에 숨어 있는 것 같은 마교가 신경 쓰여서 이를 방비하는 것을 한시도 멈출 수 없었으니까.

어차피 마교를 물리치기 위해선 남궁혁 자신의 무위도 중요하니, 조만간 휴식을 겸해 수행을 떠나는 것도 좋으리라.

그런 생각을 하면서도 남궁혁은 장문인이 보여 주는 검

무의 동작 하나하나를 유심히 관찰했다.

그리고 마침내 장문인이 남해 삼십육검을 처음부터 끝까지 전부 펼쳤다.

그녀가 검을 검갑에 집어넣자, 주변에서 구경하고 있던 해남검문의 문도들이 너 나 할 것 없이 박수를 쳤다.

장문인은 그런 그들을 돌아보며 입을 열었다.

"실은 이 자리에 있는 이들 모두 내가 왜 해남파형검을 꺼내 들고 검무를 췄는지 의아할 것 같소. 그렇지 않소?"

장문인의 말에 몇몇 이대 제자들이 고개를 끄덕였다.

장문인인 그녀는 검을 드는 일도 별로 없을 뿐더러, 수련은 개인 연무장에서 하지 이대 제자들이 수련하는 곳까지 와서 수련하는 일은 정말 있으려야 있을 수 없는 일이었으니까.

"실은 최근 본문에 큰 문제가 있었소. 바로 해남파형검이 부러졌던 일이지. 유 장인이 검을 수리하려다 큰 병을 얻어, 본 장문인은 이 일을 당분간 비밀에 붙이기로 했었소."

갑작스럽게 장문인의 입에서 나온 비밀에 제자들이 술렁거렸다.

사실 해남파형검에 문제가 있다는 소문은 암암리에 퍼지고 있었다.

해남파형검을 보관한 제단이 반 년 동안 수리를 핑계로

폐쇄되어 있었으니까.

그 소문을 지금 장문인의 입으로 직접 확인시켜 준 것이다. 당연히 숙덕거릴 수밖에 없었다. 하지만 지금 그들의 눈앞에는 멀쩡한 해남파형검이 있지 않은가?

"그래서 여기 남궁혁 장인을 본문으로 모셨고, 우리의 신물은 다시 온전한 모습으로 돌아왔소."

"오오……!"

"그래서 내당에 남자가 있었던 거구나."

"세상에, 유 사숙님도 못 했던 일을 한 장인이라니."

사람들의 쑥덕거림과 시선이 남궁혁을 향했다.

안 그래도 아까부터 유일한 남자라 시선을 받고 있었는데, 신물을 수리한 사람이라는 이름까지 붙자 그 시선이 주는 부담은 장난이 아니었다.

"다들 다른 제자들에게 이 기쁜 소식을 알리도록 하시오. 그리고 귀한 손님께 해남검문이 할 수 있는 최대한의 대접을 준비하도록!"

"예, 장문인!"

총관 환서영도 들뜬 얼굴로 포권을 취하며 명을 받들었다.

그날 남궁혁을 비롯한 남궁장인가 사람들은 정말 배가 터질 때까지 산해진미를 대접받았다.

해남검문의 사람들은 모두 해남파형검을 수리해 준 남궁혁에게 호의적인 시선을 보냈고, 총관 환서영은 해남검문에 대대로 내려오는 미주를 꺼내 그들을 접대했다.

그 술의 향과 맛이 기가 막힐 정도라, 남궁혁을 비롯한 모두는 환서영이 준비해 온 동이가 바닥이 날 때까지 먹고 마셨다.

그때까지만 해도 모두들 그 뒤에 무슨 일이 벌어질지 전혀 예상하지 못하고 있었다.

第五章

해남의 음모

  해남파형검을 수리한 상으로 성대한 연회가 열린 이튿날.

  남궁혁은 머리가 깨지는 것 같은 두통과 함께 눈을 떴다.

  어제 마신 술이 너무 독했나?

  그런 생각을 마치기도 전에 지독한 고통이 찾아왔다.

  눈꺼풀을 들 때 한 번, 숨을 들이쉬고 내쉴 때 한 번. 손가락 하나를 까딱할 때 한 번.

  뭐, 뭐야?

  더욱 당황스러운 것은 몸을 망치로 때리는 것 같은 고통 속에서도 입 밖으로는 어떤 소리도 새어 나오지 않는다는 점이었다.

　지독한 통각이 가시자 다른 감각들이 천천히 제 기능을 하며 남궁혁의 현재 상태를 알려 주었다.

　우선 손목과 발목을 단단하게 묶은 줄이 느껴졌다. 살갗을 파고들 정도로 힘주어 묶은 줄은 날붙이가 없이는 도저히 잘라 낼 수 없겠다 싶게 두꺼웠다.

　입 안에는 헝겊이 욱여넣어져 있었다. 붙잡힌 자가 혀를 깨물어 피를 삼키는 방식으로 자살하지 못하게 하는 전형적인 수법이었다.

　무공을 익힌 이후로 추위를 타 본 적 없는 몸은 으슬으슬했고, 흐린 시야 사이로 보이는 창살은 이곳이 감옥임을 말해 주고 있었다.

　간단히 정리하자면, 남궁혁은 지금 사지를 결박당한 채 뇌옥에 갇혀 있었다.

　대체 왜? 누가 나에게 이런 짓을?

　당혹스러움 가운데 남궁혁은 몸을 움직여 자신을 결박한 밧줄을 풀어내려고 했지만 몸에도 힘이 들어가지 않았다.

　남궁혁은 그제야 깨달았다. 입에서 소리가 나오지 않는 것은 아혈이 제압당했기 때문이요, 사지에 힘이 들어가지 않는 것은 온갖 혈도를 제압당한 데다가 아마도 독까지 몸에 스며든 탓이라는 것을.

남궁혁은 단전에서 꿈쩍도 안하는 내공에 절망하며 속으로 한탄했다.

'어째서 이런 일이……'

이 지경이 될 때까지 전혀 몰랐다는 것이 더욱 황당했다.

어제 술을 그렇게 많이 마신 것도 아니었다. 환서영 총관이 권한 좋은 미주 두 병을 마셨을 뿐이다.

평소 술을 즐기는 편은 아니었지만 남궁혁의 내공 정도면 술 열 독을 마셔도 주독은 충분히 해독할 수 있으니 두 병이면 물을 마신 것과 진배없다고 봐도 좋았다.

그러니 술 때문에 이 지경이 됐으리라고는 생각하기 어려웠다.

그렇다면 남는 것은 독.

술에 독이 들어 있었을 공산이 크다.

하지만 여기서 또다시 의문점이 생긴다. 대체 누가 독을 넣었단 말인가?

남궁혁이 술을 마신 연회장은 해남검문의 외당에 있었다.

외당이라고는 해도 해남검문 사람들에 의해 출입이 엄격하게 통제되는 데다가, 연회장은 내당 바로 앞에 있어서 사실상 내당에 속해 있다고 봐도 좋을 정도였다.

그런 해남검문 안에서 다른 이들의 눈을 피해 독을 넣었다고? 거기에 자신을 납치하기까지?

남궁혁은 고개를 저었다. 아니, 저으려고 노력은 했다. 혈이 제압당한 탓에 고개를 젓는 것조차 할 수 없었으니까.

어쨌든, 이건 외부인의 소행이 아니었다. 외부인이 저지른 짓이라고 하기에는 실행 불가능한 요소가 너무 많았다.

그렇다면, 내부인이다.

대상을 좁히니 두 번째 의문이 피어오른다.

왜?

자기가 해남검문 사람에게 이런 짓을 당할 이유가 있었나?

아무리 생각해 봐도 없었다. 해남검문은 정파의 일원이고, 자신은 초청을 받아 온 입장인 데다가 그들의 신물을 수리하기까지 했지 않은가.

문파적 차원이 아니라면 남는 건 사적인 이유인데…….

곰곰이 생각해 봐도 누군가한테 이런 일을 당할 정도로 잘못을 저지른 적은 없었다.

답이 안 나오는 문제를 고민해서 무엇 할까. 하지만 지금 할 수 있는 것은 고민밖에 없었다.

생각을 하면서 계속 내공을 움직이려고 시도해 봤지만, 그럴 때마다 극심한 고통과 함께 오히려 정신이 혼미해져 내공을 운용하는 건 포기해야 했다.

답이 안 나오는 문제에 대해 계속 골몰하던 중. 어디선
가 저벅저벅 이쪽을 향해 다가오는 발소리가 들렸다.

발소리의 숫자는 셋.

소리는 작았지만 발이 바닥을 차듯이 걸으며 내는 특유
의 발소리는 남궁혁이 며칠간 익히 들어온 소리였다.

바로 해남검문 사람들의 발소리였다.

"이제 좀 정신이 드나?"

남궁혁은 놀라 눈을 부릅뜨고는 몸을 움직여 얼굴을 확
인하고자 했다. 그러나 몸은 여전히 움직일 수 없었다.

하지만 보지 않아도 목소리의 주인이 누군지는 확실히
알 수 있었다.

해남검문 총관 환서영.

"이게 다 무슨 일인지 당황스럽겠지."

환서영은 남궁혁이 갇혀 있는 뇌옥 앞의 의자에 앉아 있
었다. 그의 곁에서는 짙은 혈향이 났다. 남궁혁은 본능적
으로 간담이 서늘해졌다. 자신이 이렇게 붙잡혔다면, 자신
을 보필하는 남궁장인가의 무사들도 결코 성치는 않으리
라.

남궁혁의 눈이 더 커질 수 없을 만큼 커지며 바쁘게 굴
러다녔다.

남궁혁이 뭔가 말하려는 것 같자 환서영이 옆에 선 무사에게 지시했다.

"하고 싶은 말이 많은 것 같군. 아혈을 풀어 주거라."

환서영의 말에 무사가 남궁혁에게 다가와 빠른 손놀림으로 아혈의 제압을 풀었다.

남궁혁은 혈도의 제약이 풀리면서 찾아오는 고통도 무시한 채 악다구니를 썼다.

"이게 대체 무슨 짓입니까, 환 총관! 이게 해남검문의 후대입니까?"

"해남검문의 후대는 아니지. 교의 후대라고 생각하게. 교가 그대에게 당한 게 워낙 많아서 말이야. 반드시 생포해 압송하되 사지가 성하다는 조건 하에서는 어떻게든 교가 당한 것에 대한 보답을 하라 명하시더군."

"교라니, 설마 해남검문이 마교와……?!"

남궁혁의 말에 환서영이 비릿한 미소를 지었다.

드디어 모든 그림이 맞춰졌다.

마교가 해남검문에도 손를 쓴 것이다.

남궁혁은 스스로를 자책했다.

이전 삶에서 해남검문은 마교와 전혀 연관이 없었다. 하지만 이전 삶에서 마교는 지금 이 시기에 대두하지도 않았고, 비밀 지부가 파헤쳐지지도 않았고, 맹약을 맺은 모용세가가 쑥대밭이 되지도 않았다.

이제 모든 것이 과거와 달라졌는데, 왜 해남검문이 마교와 손을 잡았을 거라는 가정을 하지 못했을까.

왜긴 왜겠는가. 해남검문이 그럴 만한 이유가 없었기 때문이다.

해남검문은 구파일방과 역사를 같이 하는 문파였으니 금화전장처럼 그 설립에 마교가 손을 댈 수도 없었을 테고, 모용세가처럼 정파들 간의 알력과 눈치 싸움에 오랜 세월 핍박받아 오지도 않았다.

강호에서는 아미파와 함께 무림의 이대 여문파로 칭송받았고, 최근 검후의 칭호를 받는 여인이 등장하면서 그 명예는 드높아졌지 결코 떨어지지 않았다.

그러니 남궁혁이 마교와 해남검문을 쉽게 연결하지 못했을 수밖에.

"여러모로 잘못 짚는군. 해남검문은 교와 손을 잡지 않았네. 손을 잡은 건 오로지 나뿐이지."

환서영은 그 사실이 뿌듯하다는 듯 괴이하게 웃었다. 그러고는 자신의 양옆에 선 해남검문의 두 무사를 턱짓으로 가리켰다.

"해남검문의 문도들 중 삼분지 일은 이들처럼 내 훌륭한 꼭두각시가 되었지. 그리고 나머지 삼분지 이는 모두 죽었다네. 장문인 또한 명을 달리했지. 검후가 몸을 숨기는 바람에 그자까지 처리하지 못한 건 아쉽지만 충분한 성과였어. 총관이라는 자리는 참으로 좋은 자리야. 모두에게 독을 탄 음식을 매일같이 먹여도 의심 한 번 안 하고 오 년을 꼬박 먹어 주니 말이지. 살아남아 이지를 상실한 게 삼분지 일 밖에 안 되는 것이 조금 아쉽지만, 마교의 비방이 이정도나 해 준 것도 감사할 일이지. 아, 물론 자네가 데려온 무사들 또한 전부 유명을 달리했다네. 하찮은 놈들이라 독을 적게 탔더니 숨이 끊어질 때까지 저항을 해서 좀 귀찮았지."

"뭐, 뭐라고……!"

남궁혁은 할 말을 잃었다. 죽었다고? 남궁장인가의 무사들이? 게다가 해남검문 사람들까지 죽었다니. 이게 무슨 소리인가.

"아, 한 명은 살려 두었네. 자네와 함께 온 의원, 알고 보니 그 유명한 천화신의 천유더군. 천화의원은 암암리에 팽가의 보호를 받고 있어서 건드릴 수가 없다고 교에서 아쉬워했는데 네 덕분에 제 발로 걸어들어 온 꼴이 됐구나. 참 고맙기도 하지."

천유라도 살아남은 건 다행이었지만 남궁혁은 그게 전혀 다행이라는 생각이 들지 않았다. 놈들이 천유를 살려 놓은 이유가 빤히 짐작됐으니까.

"정말 고맙단다. 네 녀석이 미끼를 덥석 물어 준 덕분에 네놈은 물론이고 천화신의까지. 교에서 내릴 상이 기대되는군."

"대체 무엇 때문에 교에 영합한 거지? 권력이 탐났나? 아니면 다른 문파에 잠입한 녀석들처럼 원래 마교인이었나? 하긴, 그거겠군. 그렇지 않고서야 평범한 남자가 여장을 하고 해남검문에 들어왔을 리는 없으니까."

"내가 여장을 하고 있다는 것을 눈치채다니. 눈썰미가 제법이구나. 교의 비술로 시술한 것이라 다른 문도들과 장문인은 물론 검후조차도 눈치채지 못했는데 말이지."

환서영은 빙긋 웃어 보였다. 사람 좋아 보이는 웃음이었지만 눈썰미가 좋다는 말이나 그 웃음이나 남궁혁을 조롱하기 위한 것임이 뻔했다.

"무공을 선보일 일이 없으니 남자로서의 특성을 숨기기 쉬웠겠지. 그래서 환 총관을 선택했나? 단전이 망가져 타인 앞에서 검을 선보일 필요도 없으니까? 바꿔치기한 진짜 환 총관은 어쨌지? 여태 마교가 그래 왔던 것처럼 죽여 버렸나?"

남궁혁은 일부러 소리를 버럭버럭 지르며 환서영에게 대들었다. 시간을 끌기 위함이었다.

혈도의 제압은 영구적인 것이 아니다. 제재를 가한 힘은 몸속을 흐르려는 진기와 충돌해 조금씩 닳아 없어진다. 제압한 자의 내공이 제압당한 자의 내공보다 약할수록 더욱 빨리 사라진다.

비록 남궁혁이 지금 마교의 독 때문에 극도로 약해졌다고는 하나, 검후도 장문인도 없는 해남검문에서 남궁혁을 오랫동안 제압할 만한 내력의 소유자는 없으리라.

그렇다면 최대한 환서영에게 말을 시켜 시간을 버는 것이 남궁혁에게는 유리했다.

이런 일을 벌이는 자들은 보통 자신의 공적을 떠들기 좋아하고 일이 전부 성공리에 마무리됐다는 사실에 들떠 방심하곤 한다.

물론 그렇게 행동하지 않고 신중하게 일이 끝날 때까지 경계를 늦추지 않는 이들도 있지만, 지금까지 보아 온 바로 환서영의 본모습은 그런 철저한 부류와 거리가 있어 보였다. 그리고 만에 하나라도 그가 그런 사람이 아니길 남궁혁은 진심으로 바랐다.

"눈치는 좀 있는데 상상력은 빈곤하군. 하긴, 그럴 수밖에 없나?"

다행히 환서영은 전자에 가까워 보였다. 조금만 더 부추기면 충분히 시간을 벌 수 있으리라.

환서영이 떠나고 난 후에 내공을 되찾아도 되긴 하지만 그렇게 했다간 이자가 밖에서 또 무슨 참상을 벌일지 모르니, 눈앞에 있을 때 빨리 혈도의 제압을 풀고 환서영을 붙잡는 것이 가장 좋은 방법이었다.

그렇게 남궁혁이 이리저리 머리를 굴리고 있을 때, 환서영은 의자를 끌고 뇌옥 가까이로 다가가 자리를 잡았다. 아주 긴 이야기를 하려고 작정을 한 모양이었다.

"환서영은 죽지 않았다네. 바로 자네 앞에 있지. 해남검문의 검을 익힌 환서영, 내공을 잃은 환서영, 마교의 밀명을 받고 해남검문을 장악하기 위해 총관의 자리까지 오른 환서영. 그게 전부 다 날세."

남궁혁의 눈이 믿을 수 없다는 듯 흔들렸다. 남궁혁의 예상을 전혀 빗나가는 이야기가 아닌가.

예상을 빗나가는 수준이 아니라 어떻게 그런 일이 있을 수 있나 싶을 정도였다.

"말도 안 돼. 모든 걸 이룬 상황인데 굳이 나한테 그런 거짓말을 할 필요성이 있나?"

그런 경우가 있기는 하다. 상황에 대해 거짓을 전달한 후 상대를 풀어 주어, 외부에 사실과는 전혀 다른 이야기가 퍼지도록 술수를 부리는 경우다.

하지만 환서영의 말이 외부에 퍼진다고 도움이 될 일도

없을 뿐더러, 그런 용도로 이용하기에 남궁혁이라는 존재는 부적절했다.

보통 그런 경우 실력자들은 전부 쓸어버리고 조무래기를 이용하지 않던가. 자신이 이용당한다는 것도 모른 채 공포에 질려서 적이 말하는 그대로 믿어 버리는 이들 말이다.

그렇다면 환서영이 하는 말은 진짜일 가능성이 높았다. 전혀 영양가 없는 이야기를 이처럼 시간 들여 늘어놓는 이유는 아마도 해남도를 배신하기까지의 정황에 대해 누군가가 들어 주기를 학수고대했기 때문이리라.

"거짓이라니. 내가 하는 말은 한 치의 거짓도 없는 사실일세."

환서영은 그렇게 말하고는 의자에 나른하게 기대앉았다. 그야말로 완벽한 여유. 모든 일이 성공했음을 자신하는 강자의 여유였다.

"해남도를 제압했다는 연락이 교에 닿기까지는 꽤 오래 걸릴 테니, 내가 왜 이런 선택을 했는지 들려주도록 하지. 상당히 궁금하다는 눈치군."

사실 그렇게까지 궁금하진 않았다. 적의 사연보다는 탈출이 더 시급하니까. 하지만 남궁혁은 고민하는 척하다가 천천히 고개를 끄덕였다.

시간을 끌어야 할 필요성이 있으므로 상대를 적당하게

부추겨 주는 게 중요했다.

너무 대놓고 궁금하다느니 이런 상황인데도 호기심이 생긴다느니 해 봤자 의심만 사리라.

"내 어머니는 내가 태어나자마자 나를 버렸다. 아버지는 산속에 버려진 나를 찾아낸 후 지극정성으로 키워 주셨지. 어릴 때부터 나는 어머니가 없다는 사실에 대해 지극한 궁금증을 갖고 있었다. 그리고 열 살이 된 어느 날, 아버지는 내게 진실을 말해 주었지. 내 어머니가 바로 해남검문의 전대 장문인이라는 사실을."

과거의 이야기를 털어놓는 환서영의 얼굴은 무척이나 괴로워 보였다. 그 사실이 어린 환서영에게 큰 상처였던 모양이다.

그런데 좀 이상한 점이 있었다.

해남검문은 아미파처럼 비구니들의 문파가 아니었다. 문파 규율상 혼인을 막지도 않았다. 그런데 왜 환서영을 버렸던 걸까?

"어미가 나를 버렸다는 사실은 충격적이었지. 차라리 나를 낳다가 죽어 버린 거였다면 어머니의 희생에 감사할 수 있었을 텐데. 고작 검을 수련하기 위해 나를 버리다니!"

환서영은 소리를 지르며 부들부들 떨었다.

자신이 어미의 성취보다 중요하지 않은 존재라는 것에

대한 좌절감이 고스란히 느껴지는 외침이었다. 한참 동안 몸을 부르르 떤 후, 환서영은 다시 차분을 되찾고 희번덕한 안광과 함께 말을 이었다.

"하지만 내겐 교가 있었고, 교는 어린 내 마음을 지탱하는 데 큰 도움을 주었다. 그리고 어렸던 내게 큰 중책을 내려 주었지."

"여장을 하고 해남검문에 잠입하라는?"

"그래. 태어났을 때부터 혈도의 흐름이 여인에 가까웠기 때문에, 교의 비술을 통해 누가 진맥을 하더라도 여인처럼 보이게 되었지. 해남검문의 검을 익히는 것도 무리는 없었다. 사내임에도 오히려 동기인 계집들에 비해 뛰어난 축에 속했지. 나를 열 달 동안 품어 낳은 것이 해남검문의 전대 장문인이었으니 당연하다면 당연한 결과랄까. 하지만 신체는 사내였기에 해남검문의 사람들과 진정으로 섞이기는 어려웠다. 오히려 나의 진정한 가족은 교뿐이라는 자각을 줄 뿐이었지."

"그래서, 전대 장문인은 만났나?"

"……내가 전 장문인을 만날 수 있게 된 건 내 나이 스무 살 때. 해남검문 내에서 상당한 중책을 맡았을 때였다. 하지만 그때 전 장문인은 해적과의 일전에서 큰 부상을 입어 오늘내일하던 신세였지."

이번에는 분노인지 미련인지 슬픔인지 모를 것이 환서영의 얼굴에 떠올랐다.

한 문파를 뒤집어엎을 만 한 사연이니 그 사연을 혼자 품고 있는 자의 심경이 얼마나 복잡했겠냐마는, 남궁혁은 슬슬 짜증이 나려고 했다.

"그런 어미라도 한 번은, 한 번은 어미라고 불러 보고 싶었다…… 하지만 그년은 제 배로 낳은 나를 알아보기는커녕, 듣고 보고 말하는 모든 감각이 죽어 가는 상태였지. 자식을 버린 어미의 최후로는 그보다 더 적합할 수는 없겠지만."

"그래서 결론을 내리자면, 당신은 전대 장문인의 사생아고, 아버지는 마교의 인물이었어. 전대 장문인에게서 버려진 당신을 아버지가 구해 내 마교에서 자라다가 어머니가 해남검문의 장문인이라는 걸 알게 돼서 당신을 버린 어머니에게 복수할 겸 마교의 비밀 임무를 수행했다 이거야?"

"정리를 잘하는군. 적만 아니었다면 한 번쯤 내 수하가 되라고 권했을지도 모르겠구나."

환서영은 남궁혁의 말이 마음에 드는 듯 빙긋 웃었다. 하지만 남궁혁은 짜증스럽게 내뱉었다.

"수하는 개뿔. 나이가 몇 갠데 아직도 어머니 타령이야?"

"······뭐라고?"

"지금 당신이 한 이야기에 이상한 점이 한두 개인 줄 알아? 애초에 해남검문은 혼인을 금지하는 규율도 없잖아. 그건 총관인 당신이 더 잘 알 텐데? 혹 아비가 누군지 모른다고 해도 문파 차원에서 받아 준다고 들었어. 그렇게 생각하면 오히려 반대가 맞지 않을까? 아이를 낳아 기력이 약해진 전 장문인에게서 당신 아버지가 애를 빼앗았다거나."

순간 환서영의 눈에 불길이 일었다. 그는 옥의 문을 따고 성큼성큼 들어오더니, 가녀린 손을 쫙 펴 남궁혁의 뺨을 세게 갈겼다.

찰싹—

평소라면 모기가 물었나 싶을 정도의 타격에도 남궁혁은 옥중 바닥을 뒹굴었다.

"어디서 감히 그 입을 놀리는 게냐! 제 처지도 모르는 놈이군!"

"이상한 점이 그뿐인 줄 알아? 여인에 가까운 체질이라는 것이 그렇게 뚝딱 나올 수 있는 건가? 그게 해남검문 장문인의 아들인 것과 무슨 상관이지? 난 오히려 당신 아버지라는 작자가 그런 체질의 사람을 일부러 구한 후 어미가 전대 장문인이라고 거짓말을 한 거 같은데? 애초에 당신이

250 남궁장인

전 장문인의 아들이라는 건 당신 아버지의 말 외에는 근거가 없잖아!"

남궁혁의 말에 환서영의 눈동자가 흔들렸다.

"그, 그럴 리가 없다! 뭐 하러 아버지가 그런 일을……!"

"뭐 때문이겠어. 당연히 마교에서 해남검문에 간자를 투입시키기 위해서겠지. 지난번 대대적인 조사에도 안 걸려 나온 걸 보니 아주 효과적인 방법이긴 하네."

"효과적? 교에서 정말 효과적인 방법을 원했다면 사내가 아니라 계집을 들여보냈겠지. 나 같은 체질을 가진 어린 남자아이를 일부러 구했을 필요가 어디 있나!"

환서영은 이제 악을 쓰고 있었다. 남궁혁의 말로 시작된 의심이 급격하게 피어오르기 시작했지만 그는 있는 힘껏 그것을 부정하고 있었다.

사십 년이 넘는 삶 동안 당연하다고 믿어 왔던 것을 어떻게 그리 쉽게 부정할 수 있겠는가.

자신에게 삶의 의미를 부여해 주고, 책임감과 자신감을 불어넣어 준 교가 사실은 자신을 속였다는 것을, 자신은 이용당했다는 사실을 어떻게 인정할 수 있단 말인가.

하지만 남궁혁은 환서영이 상황을 받아들일 때까지 기다려 줄 마음이 없었다.

"필요가 왜 없겠어? 당신 입으로도 그랬잖아. 의심을 안

받았다곤 해도 해남검문의 여인들하고 쉽게 어울리지 못했다고. 마교 입장에서는 그거보다 더 중요한 게 어디 있겠어? 간자가 숨어든 조직에 감화돼서 배신하는 경우가 드문 것도 아니니까. 누가 머리를 썼는지 아주 천재적이야. 그에 반해서 이렇게 간단한 사실들에 의심도 확인도 안 한 당신은 정말 별것 아니군. 당신 같은 사람을 같은 문파원으로서 아끼고 당신의 능력을 인정해 총관의 자리에 올려놓은 해남검문이 불쌍하다!"

그는 정말 화가 났다. 고작 그런 일 때문에, 제대로 확인조차 안 해 보고 남궁장인가 무사들을 포함한 수많은 사람들을 죽이고 꼭두각시로 만들었다.

어찌 화가 나지 않을 수 있는가. 십 대 이십 대의 어린아이라면 이해가 가지만 나이를 사십이나 먹고서!

순간 환서영의 분노한 손찌검이 남궁혁을 향해 세차게 날아왔다.

멱살까지 잡힌 채로 얼굴 양면을 몇십 번이나 세게 얻어맞자 남궁혁의 입가에서 피가 터져 나왔다.

반항할 수도 없는 상황이었지만 남궁혁은 오히려 이를 반겼다.

이렇게라도 몸에 자극이 온다면 제압당한 혈이 조금이나마 풀릴 테니까.

    손바닥에 피가 묻어 나올 정도로 남궁혁을 두드려 팬 환서영은 지쳤는지 숨을 헉헉대며 남궁혁의 멱살을 놓았다.

그러고는 남궁혁을 보며 회심의 미소를 지었다.

"쥐새끼 같은 놈. 네놈의 생각은 다 알고 있다. 이렇게 시간을 끌어 점혈을 풀려는 거겠지? 하지만 소용없다."

환서영은 뒤에 선 이에게 손짓했다. 그러자 딱딱한 얼굴을 한 해남검문의 문도가 다가와 뻣뻣한 동작으로 남궁혁의 혈도를 다시 점혈했다.

낭패였다. 이래서야 기껏 시간을 끈 보람도, 환서영의 성질을 돋운 보람도 없었다.

"젠장……!"

"지금까지 내 얘기를 들어 준 보답으로 네 미래가 어떻게 될지를 알려 주지. 왜 너를 죽이지 않고 이렇게 사로잡았는지 알고 있나? 장문인과 맞먹는 실력의, 제압하지 못한다면 가장 큰 변수가 될 자를 왜 살렸는지 말이다. 너에게는 교의 비약조차 쓸 수 없었지. 그저 혈을 제압할 수 있게 일시적으로 몸을 약하게 만드는 약만이 허락되었다. 혹여 사지 하나라도 다치면 큰일이라고 말이지."

환서영은 흐트러진 옷을 다시 정돈하며 남궁혁을 내려다보았다.

"너는 곧 교의 본단으로 압송될 거다. 그리고 그곳에서 마신의 강림을 위한 마신검을 만들게 될 것이다!"

환서영의 말에 남궁혁은 머리에 번개가 내리친 것 같았다.

마신검.

일전에 마교에서 도망친 천마신녀 주아흔에게 그것에 대한 얘기를 들은 적이 있다.

마신검과 교주의 핏줄을 이은 갓난아이가 마신의 강림에 필수적인 제물이라고.

왜 생각을 못 했을까.

마신검을 만들 만한 대장장이가 그리 흔할 리 없다.

만약 마교 내에 그만한 장인이 없다면, 중원의 장인을 납치하는 것도 충분히 가능한 일.

그리고 그 대상 중 하나가 남궁혁 자신이 될 거라는 생각을 했어야 했다. 그랬다면 섣불리 세가 밖으로 나오지 않았을 텐데.

"너무 겁먹지는 마라. 보다 완벽한 검을 위해 너의 사지는 물론이요, 이지 또한 온전하게 보존될 테니. 대신 마신과 교에 대한 지극한 충성심을 갖게 되겠지. 마뇌께서 너를 위해 특별한 비약을 준비하고 계신다는 말을 들었다. 그저 너는 이 세상에서 가장 위대한 검을 만들 생각만 하면 된다. 영광으로 생각해라. 너는 이 중원 땅에서 그 누구도 따라잡을 수 없는 장인이 되는 것이다. 그걸 생각하면 오히려 내게 고마워해야 할 거다."

환서영은 대단한 영예라도 내리는 듯, 인심 쓰는 것 같은 말투로 말하고는 그대로 차갑게 몸을 돌려 옥을 나갔다.

훤히 열린 옥의 문은 바닥에 쓰러진 채 손가락 하나 까딱 못하는 남궁혁을 조롱하는 것 같았다.

*   *   *

환서영이 그렇게 남궁혁을 조롱하고 사라진 후.

남궁혁은 마음을 다잡기 위해 깊게 심호흡했다.

비관적으로 생각해서는 안 됐다. 이대로 잡혀갈 수는 없으니까.

물론 상황은 좋지 않았다. 할 수 있는 거라곤 숨 쉬는 것, 눈 깜빡이는 것, 생각하는 것밖에 없었다.

원래대로라면 그랬다. 하지만 할 수 있는 것이 하나 더 있었다.

죽음. 정확히는 죽음을 각오하고 내공을 돌리는 것.

점혈 당한 상태에서 내공을 운용하는 것이 전혀 불가능한 것은 아니다.

십중팔구는 혈이 터져서 죽거나 내공의 역행으로 주화입마에 드는 게 문제지만.

하지만 남궁혁은 그 작은 가능성에 목숨을 걸어 보기로 했다.

어차피 한 번 죽었던 목숨이다.

아직도 마교인의 검이 배를 꿰뚫을 때 느꼈던 감촉이 선연하다.

두 번 죽는다 해도 별반 다를 건 없었다.

아니, 실은 많은 것이 달랐다.

지난번의 죽음은 타의에 의한 죽음이었다.

마교를 막는 데 힘을 보태겠다는 의지는 있었지만 많은 것을 하지는 못했다.

그러나 이번은 다르다.

남궁혁이 죽음을 맞이하면 마교는 마신검을 만들 수 있는 장인 하나를 잃는 것이다.

해남검문 장문인이 말했던 것처럼, 나머지 장인들은 남궁혁만큼 쉽게 손을 뻗을 수 있는 상황이 아니다.

환서영이 자파 내의 유은하가 아니라 남궁혁을 택한 걸 보면 병중에 있다는 유은하도 죽임을 당했을 가능성이 컸다. 아니면 검을 만들 수 있는 상태가 아니거나.

그러니 여기서 죽는다고 해도 헛된 죽음이 아니다. 의미 있는 저항이다.

남궁혁은 현재 무림에서 꽤나 주목 받고 있는 인사다. 남궁세가에서 주요 인물로 취급 받고 있을 뿐 아니라, 팽천룡이나 은태림과 같은 타 문파의 유명인들과의 친분이 있었다. 게다가 마교의 문제에 있어 큰 공을 세우기까지 했으니. 남궁혁이 의문의 죽음을 맞이한다면 이는 무림에 큰 파장을 불러일으키리라.

게다가 남궁혁이 지금껏 이뤄 놓은 것은 또 어떤가.

지남단은 반드시 진실을 밝혀낼 것이다. 그의 정보부대는 유능하니까.

해남도에도 개방이 있으니 그들과 연계해 남궁혁의 죽음에 대한 진실과 마교에 대한 이야기를 밝혀내리라.

그러면 남궁혁이 지금껏 힘써 길러 낸 무사들이 가만히 있지 않을 것이다.

무사들뿐이랴, 그동안 남궁혁에게 은덕을 입어 왔던 섬서 북쪽의 주민들도 일치단결하여 마교에 저항할 것이다.

남궁장인가는 가주인 남궁규원에서부터 말단인 하인들까지 남궁혁의 죽음에 분노하며 절치부심할 테고.

그리고…… 민도영 또한 그럴 테지.

초개같이 목숨을 버리겠다는 생각에 엷은 미련이 떠올랐다.

마교를 물리치고 그다음에는 무엇을 할지 생각해 본 적이 있다.

그 상상 속에서 남궁혁은 언제나처럼 망치질을 하고 있었다.

아버지는 나이가 들었지만 여전히 정정하게 불 앞에서 모루를 향해 망치를 내리치고, 제자인 진우는 훌쩍 커서 젊은 장인들을 진두지휘하고 있다.

모두가 묵묵히 자신의 일에 집중하는 대장간 안에, 지금보다 조금 나이를 먹었지만 여전히 은방울꽃 같이 청초한 민도영이 들어선다.

그 옆에는 훌쩍 자란 자신과 민도영의 딸, 그리고 딸의 손을 잡고 아장아장 걸어오는 어린 아들이 있다.

자신은 땀을 닦아 내고 가족들을 맞이한 뒤, 대장간에서 민도영의 보고를 듣는다.

시절이 너무 평화로워 전처럼 검이 많이 팔리지 않는다며, 이것이 호재인지 악재인지 모르겠다고 빙긋 웃는 민도영에게 화답해 웃어 주고 있노라면, 자신의 옆에서 깡! 깡! 하는 서툰 망치질 소리가 들린다.

옆을 돌아보니 딸은 작은 망치와 집게를 들고 빈 모루 위를 두드리고 있고, 어린 아들은 큰 망치를 들어 보겠다고 끙끙댄다.

그런 아들이 다칠까 부드럽게 타일러 큰 망치를 내려놓게 한다.

천 밤이 지나면 너에게도 망치질을 가르쳐 주겠노라 얘기하고, 딸아이에게는 곧 다가오는 생일 선물로 네 손에 꼭 맞는 집게와 망치를 만들어 주겠다 약속한다.

딸아이는 신이 나서 펄쩍펄쩍 뛰고, 자신도 아버지처럼 멋진 검을 만들고 싶다고, 여자아이도 장인이 될 수 있냐고 묻는다.

그러면 자신은 유은하와 진하의 얘기를 해 주며 당연히 그럴 수 있다고 머리를 쓰다듬어 준다.

어린 아들은 망치를 선물 받게 된 누나를 부럽게 바라보고, 민도영은 그런 아들의 손을 잡아 준다.

남궁혁이 바라는 것. 마교를 물리친 후의 평온한 일상.

남궁혁의 가족들뿐 아니라 남궁장인가 사람들의, 섬서 북쪽의 모든 사람들의, 그리고 나아가 중원 모든 사람들의 안돈.

그것을 생각하자 남궁혁의 눈에 불이 일었다. 정신이 번쩍 들었다.

방금 전까지 쉽게 죽을 생각을 했다는 것이 한심했다.

살기 위해서 노력하고, 그러다가 죽음을 맞이하는 건 어쩔 수 없지만 죽음을 먼저 생각하고 임하는 건 너무 무책임하다. 어깨에 진 짐이 있지 않은가.

남궁혁은 다시 정신을 집중했다. 이번엔 아까와 달랐다.

단전과 혈도의 상태를 세세하게 살피고, 점혈이 약하게 들어간 부분과 기를 모을 수 있는 곳을 살폈다.

인간의 몸에는 셀 수 없이 많은 혈도가 존재한다. 상대를 제압하기 위해 그 모든 혈도를 제압하지는 않는다.

잘못 건드렸다가는 그대로 즉사하는 혈도 있고, 사지가 불구가 되어 버리는 혈도 있으니까.

남궁혁을 이용하려는 목적이 있는 놈들답게 그런 혈은 점혈하지 않고 내버려 두었다.

하지만 단전이 문제였다. 그 전에 먹인 마교의 비약이 대체 뭔지, 단전에서는 내공이 꿈쩍도 하지 않았다.

어떻게 하지?

남궁혁의 머릿속에 생각이 복잡하게 휘몰아치다가 다시 차분하게 가라앉았다.

이럴 때일수록 해야 할 일을 정리할 필요가 있다.

우선 단전을 회복해야 한다.

독에 중독된 것이 틀림없으니 그 독을 날려 버릴 수 있다면 내공은 회복할 수 있다.

내공을 회복하면 몸에 가해진 점혈도 대부분 무리 없이 떨쳐 낼 수 있다. 남궁혁의 내공을 상회하는 이가 점혈을 가하지 않았을 테니까.

하지만 점혈을 당한 상태에서 단전의 독을 몰아 낼 수 없고, 단전이 성치 않은 이상 점혈을 풀 수도 없다.

그야말로 진퇴양난이요, 설상가상이다.

'방법이 있을 거야. 분명 어딘가, 점혈을 풀거나 단전을 회복시킬 만한 방법이……?!'

쿵, 쿵, 쿵.

남궁혁은 조용한 옥중에서 울리는 가장 큰 소리에 귀를 기울였다.

그의 몸속에서 나는 소리였다.

바로 심장이 뛰는 소리. 심장이 박동하며 온몸으로 피를 흘려보내는 소리.

심부의 혈은 급소 중에 급소. 심장에 큰 영향을 주는 심도혈 등은 잘못 건드리면 그대로 사람을 사망에 이르게 할 수 있다.

놈들의 목적이 남궁혁을 사지 성하게 살려 두는 것이다 보니 그곳의 혈은 건들지 않았다.

남궁혁은 심장 근처 혈을 조심히 살피기 시작했다. 심장은 단전 다음으로 내기가 녹아 있는 곳이다. 또한 막대한 기를 받아들일 수 있는 그릇이기도 하다.

이런 이유로 지금처럼 단전을 통한 내가기공이 정론으로

자리 잡기 전에는 심장을 이용한 축기법이 성행했었다.

지금도 사파 일부에서는 급격하게 실력을 향상시킬 수 있다는 이유로 심장을 이용한 내가기공의 연구가 진행되고 있다는 소문도 있었다.

이곳에 고여 있는 진기를 이용한다면 점혈을 푸는 것도 가능하다.

하지만 풀 수 있는 혈도는 아주 일부분이다.

남궁혁이 축기를 위한 목적으로 심장을 사용하지 않았기 때문에 이곳에 고여 있는 기는 그렇게까지 많지 않으니까.

놈들도 이것을 알기에 굳이 위험을 무릅쓰고 점혈하지 않은 것이다.

그렇다면 점혈을 풀 혈도는 매우 신중하게 골라야 했다.

각 혈도에 고여 있는 기를 긁어모아서 단전의 독을 날려 버려야 하니까.

……잠깐만.

처음부터 심장의 기를 단전으로 흘려보내 독을 날려 버리는 게 낫지 않나?

남궁혁은 심장에서 단전으로 이르는 길, 임독양맥과 점혈 당한 부분, 그리고 심장에 고여 있는 기의 양을 따져 보았다.

좀 부족했다.

방법은 참 괜찮은데…….

가능하기만 하다면 한 방에 문제가 해결된다.

단전의 독만 날려 버릴 수 있으면 이까짓 점혈은 문제도 안 되니까.

도저히 방법이 없는 건가?

남궁혁의 눈가에 다시 어둠이 서리려다가, 흔들리는 촛불에 다시 빛이 들었다.

불?

아까부터 남궁혁을 비추던 옥중의 불.

남궁혁은 눈을 굴려 다시 주변을 샅샅이 살피기 시작했다.

등잔 몇 개가 이 어두컴컴한 옥 안을 비추고 있었고, 그 아래에는 큰 항아리가 하나 있었다.

아까부터 눅눅한 감옥의 냄새에 섞여 나던 느글느글한 냄새가 바로 저기에서 나는 것 같았다. 그렇다면 저건 분명 기름 항아리였다.

옥의 등잔에 불을 피우는 용의 기름.

고민은 그리 길지 않았다.

남궁혁이 심부에 모여 있던 진기를 끌어모아 손끝으로 흘려보냈다.

몇 개의 점혈을 푸느라 쇠약해진 진기는 남궁혁의 손끝

에서 작은 불꽃을 일으켰다.

잘 모르는 사람이 본다면 삼매진화가 아닌가 놀랄지도 모르겠지만, 이건 오행신공 중 화공의 일종이었다.

사람에게 해를 입힐 정도의 불은 아니지만, 같은 불에는 영향을 미칠 수 있다.

이걸 통해 남궁혁이 대장간 화로의 열기를 조절해 왔으니까.

순간, 항아리 바로 위에 있던 등잔의 불이 화르륵 타오르며 크게 흔들렸다.

화공의 영향을 받은 것이다.

작은 등잔 하나가 감당하기 어려운 불길에 등잔을 받치고 있던 받침대가 녹아내리고, 등잔은 항아리 위로 떨어졌다.

쨍그랑―!

기름 항아리가 깨지는 소리와 함께 바닥에 시커먼 기름이 번져 나갔고, 곧바로 불길이 치솟기 시작했다.

후끈한 열기는 곧 남궁혁에게도 불어닥쳤다.

항아리 안의 기름 양이 상당했던 데다가 화공을 통해 불길을 돋웠기 때문에 불길이 퍼지는 속도는 상상 이상이었다. 연기도 자욱이 차오르기 시작했다.

불이 활활 타오르는 걸 보면 어딘가 공기가 통하는 구멍이 있는 모양이었지만 그게 연기를 충분히 빼내 주지는 못할 것 같았다.

타 죽거나 숨 막혀 죽거나 둘 중 하나가 될 것인가.

하지만 연기에 흐려진 남궁혁의 두 눈은 아직 포기하지 않은 듯 반짝이고 있었다.

몸을 엄습한 뜨거운 열기는 자연의 기 그 자체!

남궁혁의 몸이 게걸스럽게 온몸에 들러붙은 화기(火氣)를 집어삼키기 시작했다.

코로 하는 호흡으로도 모자라 피부호흡으로 받아들이는 기.

평소에 자주 사용하는 방법이 아니었기에 피부가 타들어 가는 것 같았지만 참을 만했다.

일반인이었다면 진작 기절했으리라. 하지만 평생을 불 앞에서 보낸 남궁혁이다.

이 정도는 참아 낼 수 있었다.

그렇게 게걸스럽게 모은 기는 심장으로 향했다.

심장은 오행 중 화를 뜻한다. 생명의 원천이요, 기운을 계속해서 발산하는 장기이니까.

지금 먹어 치운 화기를 축기하기에 그보다 좋은 장소는 없었다.

심장에 기를 모은다니. 처음 해 보는 시도였지만 이거

밖에는 방법이 없었다.

이윽고 불길이 남궁혁의 머리카락을 반이나 태워 버렸을 때, 그는 심장에 모았던 기를 전부 단전으로 흘려보냈다.

남궁혁의 목숨을 위협하며 타오르는 불길처럼 거센 기운이 빠르게 중독된 단전으로 향했다.

기는 단전으로 향하는 과정에서 자신을 가로막는 점혈을 폭압적으로 태워 버렸다.

남궁혁의 입가에서는 간헐적으로 검은 피가 흘러나왔다.

하지만 지금은 점혈을 조심히 풀 만큼 신중하게 내공을 인도할 수 없었다.

불이 났다는 사실을 밖에서 알아차렸는지, 불길 저쪽에서 사람들의 소리가 들려오기 시작했으니까.

그리고 마침내 타오르는 화기가 단전에 닿았다.

그 어떤 독도 불을 이길 수는 없다. 태풍 속에 이는 파도처럼 거센 화기의 물결이 단전을 잠식한 독을 하나도 남기지 않고 태우기 시작했다.

그 순간, 남궁혁의 눈에서 안광이 번뜩였다.

연기에 가려 죽은 것처럼 보이던 흐린 눈동자에 총기가 감돌았고, 얼굴에는 혈색이 돌았다.

손가락이 까딱, 까딱, 움직이기 시작했다.

드디어 해방된 내공이 빠른 속도로 온몸의 점혈을 풀어 내기 시작했다.

바깥에서 사람들이 하나둘 진입해 들어오는 소리가 들렸다.

촤아아— 어디선가 물을 공수해서 불을 끄는 모양이었다.

하지만 흙과 나무로 만든 오래된 감옥은 그야말로 장작이나 다름없어서 물동이 몇 개로는 쉽게 꺼지지 않을 터였다.

저 멀리 있는 입구에서 뒤늦게 달려온 환서영이 큰 목소리로 해남검문 사람들을 닦달하며 불을 끄고 안에 있는 포로를 끌어내라 다그치는 소리가 들려왔다.

그 혼란 속에서, 남궁혁은 자리를 잡고 가부좌를 틀고 있었다.

그가 앉아 있는 반경 일 장 내에는 불이 전혀 엄습하지 못하고 있었다.

어느 정도 내공을 되찾은 덕분이었다. 남궁혁은 불길이 자신에게는 해를 미치지 않게, 그러면서도 꺼지지 않고 타올라 바깥에서의 진입을 막을 수 있도록 화공을 운용했다. 동시에 몸을 차지한 독을 날려 버리기 위해 애를 쓰고 있었다.

식은땀이 뻘뻘 나고 그 사이사이로 검은 물이 흘러내렸다. 검은 땀을 한 바가지 흘리고 난 후에야 눈을 떴지만 남궁혁의 얼굴은 그리 개운해 보이지 않았다.

몸 밖으로 독을 배출하고 그러고도 남은 독은 화공을 통해서 태워 버렸지만 단전과 혈도가 완벽하게 정상은 아니었다.

상당히 지쳐 있었기 때문에 기의 흐름이 원활하지 못했다.

온전히 운용할 수 있는 내공은 평소의 삼 할 정도. 점혈을 풀고 불길을 조절하는 정도는 가능했지만 이 정도로 정면 돌파는 무리였다.

온전하지 못한 상황에서 검의 명문 해남검파의 사람 수백을 단신으로 상대한다는 건 자살행위나 마찬가지니까.

적어도 평소의 상태로 완전히 회복해야 하리라.

불길이 타오르는 소리 사이로 사람들이 진입해 오는 소리가 들렸다. 불을 끄는 대신 무리해서라도 일단 진입을 시도하는 모양이었다.

'일단은 도망치자.'

나가는 길은 단 하나. 사람들이 지금 진입해 들어오는 그 길이었다. 이쪽으로 나갔다간 불리한 상황에 처할 것이 빤할 터.

남궁혁의 손이 빠르게 사방의 벽을 짚었다. 뒷부분의 벽에서 텅 빈 느낌이 났다.

내공을 끌어 올린 뒤 망설이지 않고 흙으로 된 벽을 내리쳤다.

콰앙—!

벽에 구멍이 나자 싸늘한 바람이 거세게 불어 닥쳤다. 구멍 바깥으로 머리를 내민 남궁혁은 순간 오싹해졌다.

그 너머는 천장단애와 같은 절벽이었다.

바로 아래는 깊은 바다로, 시커먼 파도가 넘실대면서 절벽을 한 번 후려칠 때마다 돌조각이 우수수 떨어져 나갔다.

해남검문이 해남도 안에 있다고 감옥도 산 안에 있을 거라고 생각한 게 오판이었다.

감옥의 구조를 남궁혁보다 잘 아는 이들이 벽을 뚫고 그를 잡으러 오는 게 아니라 군이 출입구를 통해서 무리하게 진입했을 때 알아차렸어야 했는데.

하지만 선택의 여지는 없었고, 남궁혁은 지옥의 입구처럼 입을 벌리고 있는 시커먼 파도를 향해 신형을 날렸다.

*   *   *

남궁혁이 사라지고 난 후, 화공의 영향력이 줄어든 탓에 겨우 불길을 잡은 해남검문의 사람들이 감옥 안으로 진입했다.

환서영은 불이 꺼지자마자 아직 열기가 가시지 않은 감옥 안으로 땀을 뻘뻘 흘리며 들어섰다.

그러곤 텅 빈 감옥과 뻥 뚫린 벽, 그 아래의 넘실거리는 파도를 보며 이를 갈았다.

"찾아라! 반드시 찾아야 한다!"

환서영은 악을 박박 쓰면서 초조한 듯 손톱을 잘근잘근 깨물었다.

남궁혁의 생포는 마교에서 가장 중요시한 목적이었다.

어떻게 보면 해남검문의 장악보다 더 중요했다.

그런데 그런 목적을 이렇게 그르치다니, 교에서 대체 어떤 벌을 내릴지 환서영은 상상도 가지 않았다.

아무리 무공이 뛰어나다고 해도 놈이 뛰어내린 곳은 깊이를 알 수 없는 바닷속.

잠수에 익숙한 해남검문의 사람들이 아니라면 오늘처럼 파도가 거친 날 바닷속에서 살아남을 수 있을 리 없었다.

"하다못해 시체라도 찾아야 한다. 그렇지 않으면 교에 변명할 명분이 없어지니……."

아까 남궁혁에게 일의 성공과 함께 자신의 배신 이유를

떠들어 대며 지었던 여유로운 표정은 이미 사라진 지 오래였다.

환서영의 얼굴에는 그늘이 가득했고, 하늘은 그런 그의 마음을 이해하는 것인지 더 복잡하게 만들려는 것인지, 우중충한 구름으로 얼굴을 가린 채 거친 바람과 비를 뿌려 댔다.

* * *

환서영의 염려 아닌 염려와는 달리 남궁혁은 그 파랑 속에서도 잘 헤엄쳐 가까운 뭍에 다다랐다.

자신이 익힌 무공이 대연검법과 오행신공이라는 사실이 어찌나 다행인지.

과거에 물 위에서 피습을 당했을 때도 남궁혁은 디딜 곳을 잃고 깊은 물에 빠졌지만 대연검법의 묘리에 따라 물속에서 검을 휘둘러 암습자를 전부 처리했었다.

바다는 그때의 그 강보다 훨씬 깊고 넓었지만, 덤벼드는 대상이 암살자가 아닌 자연의 풍랑이라는 차이가 있을 뿐 본질은 비슷했다.

게다가 아무리 몸을 다 회복하지 못했다고 한들 그때에 비해 내공은 한없이 성장했고, 육체를 다루는 숙련도도 그

때와는 비교할 수 없었다.

날씨가 궂어 파도가 거칠게 이는 것도 남궁혁에게는 오히려 호재가 되었다.

자연의 흐름에 따라 파도가 치지 않는 깊은 물속을 고집하며 헤엄치다 보니 수면을 헤엄치는 것보다 훨씬 수월했다.

그렇게 한 시진을 꼬박 헤엄쳐 도착한 해안가에서 남궁혁은 간단하게 매무새를 가다듬고 은신할 곳을 찾기 시작했다.

금방이라도 쓰러질 것 같았지만 쉴 수 없었다.

해남검문의 사람들이 자신의 시체라도 찾으려 돌아다니고 있을 테니까.

어디가 좋을까. 고민하던 남궁혁의 눈에 배 한 척이 들어왔다.

이 풍랑에 어디 묶여 있지도 않고 해안가에 둥둥 떠다니는 것이, 주인이 깜빡했거나 버려진 배인 모양이었다.

가까운 해안에서 고기를 잡는 배인 듯 가운데는 비바람을 피할 수 있게 작은 천막까지 쳐져 있어서 몸을 숨기기에 나쁘지 않아 보였다.

보통 몸을 숨긴다 하면 민가나 산속을 떠올리기 마련이니까. 당연히 해남검문도 그쪽부터 수색하리라.

설마 이렇게 굿은 날씨에 떠다니는 조각배 하나에 숨어 있다고는 생각 못하겠지.

남궁혁은 발목까지 오는 바닷물을 절벅절벅 헤치며 배로 다가갔다.

"이 날씨에 누구지?"

아무도 없을 거라고 생각한 배 안에서 누군가의 목소리가 들려왔다.

남궁혁은 순간 흠칫했지만 긴장하지는 않았다. 들려온 음성이 부드럽고 사람의 마음을 편안하게 하는 목소리였던 탓이었다.

"길 잃은 이인가? 비를 피할 곳이 마땅치 않다면 배 안으로 들어와도 좋다네."

천막을 걷고 얼굴을 드러낸 이는 중년의 여인이었다.

가지런히 묶은 머리 사이로 보이는 희끗희끗한 흰머리와 눈가의 주름이 여인의 세월을 느끼게 했다.

남궁혁은 잠깐 고민했다. 이 배에 오르는 게 과연 옳은 선택일까?

그 외에 마땅한 선택지가 없긴 했다. 너무 탁 트인 해변가의 마을이라 제대로 숨을 만한 데를 찾으려면 한참 이동해야 할 테니까.

그보다 더 남궁혁을 고민하게 한 것은 그녀가 말을 꺼내기 전까지 그녀의 인기척을 느끼지 못했다는 점이었다.

아무리 자신이 지금 지친 상태라고는 하나, 저 여인은 전혀 기척이 없었다. 그 말은 상대가 엄청난 실력자라는 뜻이었다.

'설마?'

한 가지 가정이 떠올랐다. 해남도에서 만날 수 있는 이 만한 실력의 중년 여인이라면 단 하나밖에 없다.

해남검문의 자존심, 검후 윤태의.

환서영은 검후가 실종되는 바람에 손을 쓰지 못했다고 했다.

그러면 지금 도움을 받을 수 있는 최고로 좋은 아군을 만난 게 아닐까? 남궁혁에겐 더 고민할 시간이 없었다.

"호의에 감사드립니다. 그러면 잠시 실례하겠습니다."

상대가 신분을 밝히지 않았지만 남궁혁은 예의를 갖추고 배 안으로 성큼 발을 디뎠다.

그가 배 위에 발을 딛자마자 배는 넓은 바다를 향해 자연스럽게 흘러가기 시작했다.

남궁혁은 조금 놀랐지만 놀란 티를 내지 않았다. 평생을 해남도에서 살아온 검후라면 내공으로 배를 움직이는 정도는 당연히 할 수 있으리라.

천막 안으로 들어가자 여인이 먼저 자리를 잡고 앉아 있었다. 그녀가 손짓으로 자리를 권하자 남궁혁도 자리에 앉았다.

자리에 앉자 지친 몸이 비명을 지르며 휴식을 요구했다. 아무래도 아까 무리하게 점혈을 풀었던 것이 문제인 모양이었다.

"긴장하지 말고 쉬게. 내 호법을 서 줄 터이니."

"제가 누군지 알고 그렇게 말씀하십니까?"

어쩐지 묻고 말하는 쪽이 반대가 된 것 같았지만, 남궁혁은 자신이 검후라 추측하고 있는 여인에게 물었다.

여기는 해남도다. 남궁혁은 바다에서 불쑥 튀어나온 이다. 그녀는 남궁혁의 기척을 알아차렸을 것이다.

이곳 해남도에서 갑자기 나타난 외인은 해적일 가능성이 높다.

그런데 이 여인은 대체 남궁혁이 누구라고 생각하기에 이렇게 호의적으로 대해 주는 걸까.

"풍문으로 들었다네. 해남검문에서 중원의 장인을 초청했다지. 그 장인은 무공 또한 고강하다고 들었는데, 그대의 손은 장인의 군은살이 박여 있고 젖은 모래 위를 걷는 걸음은 보법이 몸에 익은 모양새더군. 그렇다면 내가 소문으로 들은 한 명일 수밖에."

"장인의 군은살과 무인의 보법을 알아보시다니, 그런 분이 흔치는 않을 것 같군요."

남궁혁 또한 그녀의 정체를 떠보았다.

무인의 걸음걸이야 무공을 익힌 이라면 당연히 알아보겠지만, 손에 잡힌 굳은살이 검을 잡아서 생긴 것인지 망치를 잡아서 생긴 것인지 알 수 있는 이는 드물다.

검후라면 가능할 것이다. 유은하와 깊은 친분이 있으니까.

"우리는 서로 같은 공간에 있을 수 있는 충분한 근거들을 갖고 있는 것 같군. 안 그런가?"

그 말은 자신이 검후라는 사실을 인정하는 말이나 다름없었다. 그녀는 천막 너머로 보이는 먼 바다를 바라보며 말을 이었다.

"내가 왜 본문이 아닌 이런 조각배 하나에 몸을 의탁하고 있는지 의문이 들겠지만, 그 사실을 얘기하기 전에 우선 자네의 몸이 회복되어야 할 것 같군. 이 섬에서 한 편이 될 수 있는 건 나와 자네뿐인 것 같으니까. 자네에게 듣고 싶은 것도 많고, 자네에게 들려 줄 말도 있다네."

"……제 수하들이 죽임을 당했다는 사실 말입니까?"

"가장 끔찍한 사실에 대해서는 이미 알고 있군."

검후가 사실을 확인해 주자 남궁혁이 고개를 떨구었다. 사실 환서영의 말을 전부 믿지는 않았다. 적어도 남궁장인가 무사들이 몰살당했다는 사실만큼은 진실이 아닐 거라고 생각했다.

남궁장인가 최고의 실력자들을 데리고 온 건 아니었지만, 그들도 지독한 수련을 버텨 온 이들이었고 충분히 실력이 있다고 부를 만한 무사들이었다.

남궁혁은 적어도 그들이 저항 끝에 몇 명이라도 도망쳐 기회를 노리고 있을지도 모른다고 생각했다.

그렇게 믿고 싶었다.

"회복하고 나면 그들의 시신이 어디 있는지 알려 주지. 고기 밥으로 던져 버리려는 걸 내가 수습해 그들이 찾지 못할 곳에 갖다 두었네."

"……이 은혜를 어찌 갚아야 할지. 정말 감사드립니다."

"감사는 무슨. 바깥의 동태를 살피느라 본문에서 무슨 일이 일어나는지도 몰랐던 내게 무슨 감사인가. 조금이라도 빨리 이상함을 깨달았다면 그대의 수하들도 반은 살릴 수 있었을 텐데……."

검후는 그렇게 한탄했다. 그 말을 끝으로 남궁혁은 가부좌를 틀고 몸을 회복하는 데 정신을 집중하기로 했다.

* * *

남궁혁이 눈을 뜬 것은 그로부터 세 시진 후였다.

천막 사이로 은은한 여명과 염기가 가득 섞인 바닷바람을 느끼며, 남궁혁은 몸의 상태를 점검했다.

근육은 팔팔하고 피는 막힘없이 흘렀다.

머리는 맑고 자연지기보다 더욱 순수하고 농축된 내공은 남궁혁의 온몸을 유유히 유영하다가 단전에 차곡차곡 쌓여 갔다.

배에서 휴식을 취한 것은 정말 잘한 선택이었다.

검후의 조종 덕분인지 배는 파도의 출렁거림도 전혀 느껴지지 않을 정도였고, 그런 든든한 한편이 곁에 있다는 사실에 남궁혁은 몸을 회복하는 데 전력을 쏟을 수 있었다.

아마 민가나 산속에 숨어들어 회복해야 했다면 언제 쫓아올지 모르는 해남검문의 사람들 때문에 신경이 곤두서 제대로 쉬지도 못했으리라.

"깼나?"

"예, 덕분에."

남궁혁의 목소리는 세 시진 전 처음으로 검후를 마주쳤을 때에 비해서 여유가 있었다.

"그러면 슬슬 어떻게 할지 얘기를 나눠 보도록 하지. 안의 상황이 정확히 어떻게 된 건지 알고 있나? 나는 본문의 제자들이 반 수 이상 쓰러져 있는 것까지만 확인했다네. 살아 있는 자들은 마치 내가 보이지 않는다는 듯 행동했지. 이상한 독에 중독이라도 된 것인가 싶어 손을 쓰려고 해 봤지만 타인의 내공이 단전으로 침범하는 순간 그들의 머리가 벽력탄처럼 터져 버리더군."

검후의 얼굴이 눈에 띄게 어두워졌다. 남궁혁은 그게 환서영이 말한 독의 부작용이리라 생각했다.

이지를 흩트리고 환서영의 꼭두각시로 만드는 독이니 당연히 뇌에 영향을 미쳤을 테니까.

아니면 그 독의 해독을 막기 위해 타인의 내공이 단전에 침범하면 머리가 터지도록 조제된 독일지도 모른다.

"그리고 본문 내에는 못 보던 이들이 있었네. 서른 명 정도 되는 것 같더군. 멀리서도 사특한 기운이 느껴질 정도였는데 대체 그자들이 해남도 어디에 숨어 있었는지 모르겠군. 해적은 아닌 것이 분명하고, 이곳은 사파가 숨어 있다는 중원 남부와 가까우니 사파 세력일 수도 있지. 하지만 그들이 해남검문에게 수를 쓸 정도로 힘이 있을 거라곤 생각하지 않네."

검후는 무척이나 생각이 복잡해 보였다. 이리저리 생각해도 배후가 누군지 답이 안 나올 테니까.

마교와는 거리가 너무 먼 데다가, 직접 부딪친 적도 없고 그들이 중원도 아닌 해남도에 마수를 뻗쳤을 거라고는 생각하지 못한 모양이었다.

"제가 하나하나 설명드리겠습니다. 어떻게 된 일이냐면······."

* * *

남궁혁은 처음 해남검문에 도착했을 때부터 자신이 겪었던 일을 하나하나 검후에게 설명했다.

물론 해남파형검을 고쳤고 환대를 받았고 이런 일은 사소한 일이니까 간단하게 넘어가고, 주로 전한 내용은 환서영이 제 입으로 실토한 이 일의 전말에 대해서였다.

남궁혁의 말이 이어질수록 검후의 얼굴은 세 시진 전 남궁장인가 무사들의 몰살에 대한 애기를 들은 남궁혁처럼 어두워졌다.

"그랬군. 환 총관이 처음부터 마교의 사주를 받고 본문에 입문한 자라니······ 환 총관을 삼십 년간 알아왔는데도 전혀 눈치 채지 못했군."

환서영과 검후, 그리고 장문인은 나이대가 비슷했다.

아마도 같은 시기에 해남검문에 들어온 동기이리라.

그런 인물이 사실 처음부터 나쁜 의도로 문파에 들어왔

다는 것을 알았으니 얼마나 충격일까.

"지난번 마교 첩자 색출 때는 주로 문파 주요 인물과 바꿔치기한 경우나 문파의 하수인 등으로 들어간 경우를 추적했으니까요. 금화전장도 설립부터 마교의 손길이 닿았다지만, 지금 경우처럼 아주 어릴 때부터 마교의 사주를 받고 들어온 경우는 누구도 상상하지 못했을 겁니다."

남궁혁의 위로에 검후의 표정이 조금이나마 부드러워졌다.

"그런데 검후께서는 왜 문파 밖에 계셨던 건가요? 환 총관의 말로는 검후께서 실종됐다고 하던데."

"정확히는 실종을 핑계로 주변의 동태를 살피고 있었네. 유 사제가 나한테 본문의 주변에서 이상한 일이 벌어지는 것 같다고, 한 번 살펴봐 달라고 요청했지."

"유 장인께서요?"

"그래. 유 사제는 장인으로서 명성이 높지만, 그녀의 진가는 뛰어난 통찰력에 있다는 걸 본문에서도 알 만한 사람들은 다 아는 사실이지. 그녀는 해남 파형검이 이처럼 갑자기 부서졌을 리가 없다며, 누군가 본문의 관심이 해남파 형검에 쏠렸을 때 일을 벌이기 위한 것이 아니겠느냐 말했다네. 그렇다면 본문의 누군가가 내통을 했을 가능성이 있으니 몸을 숨기고 일을 살펴봐 달라고 했지."

"세상에, 대단하신 분이군요. 그러면 유 장인은 지금 어디에……?"

"본문 내에 있었네. 원래는 사제의 제자가 같은 병을 핑계로 유 사제를 지키고 있었네만…… 환서영 그자에게 당했을 가능성이 높지."

"그렇군요."

남궁혁의 입에서는 진정으로 탄식이 새어 나왔다.

일전에 만났던 당가의 장인도 비록 자만심이 있을지언정 뛰어난 장인이었다.

여인의 몸으로 그처럼 대단한 경지에 오른 장인이라면 분명 보고 배울 점도 많을 테고, 관심사가 같으니 좋은 대화를 나눌 수 있었을 텐데. 그런 그녀를 만나 보지도 못하다니.

"이제 앞으로 어떻게 할지 얘기하지. 자네는 우선 섬서로 돌아가는 게 좋겠네."

"그게 무슨 말씀이십니까?"

남궁혁의 눈에 불똥이 튀었다.

"이 일은 비단 해남검문만의 일이 아닙니다. 마교가 관련된 이상 모든 정파 무림이 신경을 써야 하는 일입니다. 게다가 저는 그들에 의해 제 수하들을 잃었습니다. 그런 제게 돌아가라고요?"

"그런 뜻이 아니었네. 자네는 한 가문을 책임진 입장이라 들었네. 여기서 잃은 수하들도 중요하지만 자네를 기다리는 이들은 어떻게 할 건가. 여기서 나를 만나지 않았더라면 지금쯤 자네는 죽임을 당했을지도 모르네."

검후의 말은 틀린 부분이 없었다. 하지만 남궁혁도 물러날 생각이 없었다.

"하지만 귀인을 만난 덕분에 저는 원래의 상태를 회복했고, 수하들의 목숨 값을 받아 낼 실력도 있습니다. 검후께서 자파의 일을 스스로의 손으로 해결하고 싶으신 생각은 알겠습니다만, 저도 물러설 수 없습니다."

이대로 뛰쳐나가 검후와 다른 행보를 취하면 그만이지만, 그건 예의도 아닐 뿐더러 오히려 일을 더 그르칠 수도 있다.

어쨌든 검후와 그는 같은 목적을 지녔다. 이 해남도에 한편이 될 수 있는 이가 서로뿐이라면 힘을 합치는 쪽이 훨씬 나았다.

남궁혁은 날뛰는 감정의 고삐를 차가운 이성으로 단단히 틀어쥔 채 계속 말을 이어 나갔다.

"제가 검을 들고자 하는 이유는 단순히 제 수하들의 죽음으로 해남검문을 탓하고자 하는 것이 아닙니다. 자신들의 의사에 반해 정파의 동지에게 칼을 꽂게 된 해남검문 문도들의 혼과 육체를 자유롭게 풀어 드리고자 하는 마음도 있음을 알아주시길 바랍니다."

이렇게까지 얘기하는데 거절할 수 있을 리 없었다. 검후는 알았다며 고개를 끄덕였다.

"좋네. 마교의 후발대가 해남도에 도착하기 전에 우리 둘이 일을 처리하지. 역할을 분담하세."

"감사합니다."

검후가 동의한 후, 그들이 탄 조각배는 빠른 속도로 바다를 가르기 시작했다.

*   *   *

해남검문은 해남도 내에도 네 개의 지부를 두었다.

동서남북 네 개의 방위에 맞춰 만들어진 지부는 사면이 바다라 어디에서 해적이 쳐들어올지 모르기 때문에 만들어진 곳들이었다.

해남도의 정중앙에 위치한 본파에서는 주로 어린 제자들의 교육과 검법에 대한 연구 등을 맡고 있으며, 실질적으로 해적 토벌 임무를 수행하는 일대 제자와 이대 제자는 수시로 지부에 파견되곤 했다.

물론 이 지부들에서 제공되는 식사도 환서영이 손을 대

고 있었으므로, 지부의 무사들도 중독을 피할 수는 없었다.

그리고 그중 하나인 남쪽 지부를 지금 환서영과 마교의 일당들이 차지하고 있었다.

본문은 죽어 나간 문파원들이 너무 많아서 시체 썩는 냄새가 진동을 하는 탓이었다.

환서영은 살아남은, 그러나 이지를 잃어 환서영과 마교인의 말만 듣게 된 문파원들을 이끌고 사람이 가장 적어 치울 시체도 적었던 남쪽 지부로 향했다.

남궁혁이 갇혀 있었던 감옥도 바로 이 남쪽 지부의 감옥이었다.

그곳의 회의실에서 환서영은 마치 큰 죄라도 지은 것처럼 마인들의 질타를 받고 있었다.

"그래서, 세 시진이나 지났는데 그 남궁혁이라는 장인의 머리카락 한 올 찾지 못했다는 거요?"

"조금만 더 시간을 주십시오. 고작 세 시진입니다."

"세 시진이면 가장 가까운 섬으로 헤엄쳐 도망칠 수도 있는 시간이오. 대체 일 처리를 어떻게 한 거요? 그러니까 후발대를 기다릴 것 없이 우리가 그자를 본교로 압송하겠다고 하지 않았소!"

해남도에 먼저 파견되어 몸을 숨기고 있었던 마교의 부

대인 철혈대 대주가 책상을 쾅 내리치며 소리를 질렀다.

'빌어먹을 놈들. 내 공을 빼앗으려고 했던 주제에 이제 와서 큰소리라니. 남궁혁을 수색하는 데 아무런 도움도 주지 않은 주제에.'

환서영은 속으로 투덜거렸지만 입 밖으로 그것을 내뱉을 수는 없었다.

해남검문을 제압하는 것보다 남궁혁을 확보하는 것이 더 중요했는데, 그걸 눈앞에서 놓쳐 버렸으니까. 환서영의 책임이 큰 것은 사실이었다.

"그러니까 철혈대 여러분이 나서 주십사 하는 거 아닙니까."

"해남도가 제집 같은 해남검문 계집들도 못 찾는 걸 우리보고 찾으라는 얘기요? 자기가 실수해 놓고?"

이대로 철혈대가 나서지 않는다면 이는 오롯이 환서영의 책임이 된다.

철혈대는 실패할 것이 빤한 일에 덤터기를 쓰고 싶지 않은 모양이었다.

"철혈대 여러분이 그자의 시신이라도 찾아 주셔야 저도 마뇌께 면이 설 것 아닙니까. 그동안 해남도의 지리에 익숙한 이들은 다른 대안을 찾아 움직일 겁니다."

"다른 대안이라 하면, 유은하를 말하는 거요?"

"그렇습니다."

환서영이 고개를 끄덕였다.

환서영과 장문인, 그리고 검후에게는 사제가 되고, 검 실력도 수준급인 데다가 대장장이로서는 남궁혁과도 견줄 수 있는 장인.

그녀는 환서영이 마교를 끌어들이기 직전, 자신의 제자 에게 업혀 도주했다.

원래도 유은하는 환서영을 곱게 보지 않았다.

손윗사람인 만큼 예의는 지켰지만, 고작 망치나 두드리 는 주제에 자신을 꿰뚫어 보는 듯 눈을 치켜뜰 때마다 환서 영은 소름이 돋곤 했다.

반드시 남궁혁을 생포해야 한다고 교에서 지령이 내려 오긴 했지만, 그의 행방을 찾을 수 없는 이 때, 그에 준하 는 장인이라도 압송해 가면 심한 질책은 피할 수 있을 터였 다.

유은하라는 대안이 나오자 철혈대주도 솔깃했다. 환서 영과 비슷한 생각을 한 모양이었다.

"좋소. 그렇다면 내가 남궁혁이라는 자를 찾아오지. 죽 었다면 시체라도 건져 오도록 하겠소."

"상황을 판단하는 대주의 영민함에 감사드립니다. 그러 면 부탁드리지요."

"대신 당신은 반드시 유은하를 찾아야 할 거요. 물론, 남궁혁을 찾다가 우리가 유은하를 발견할 수도 있겠지."

거들겠다고 말했으면서도 끝까지 공을 탐하는 철혈대주의 말에 환서영이 눈살을 찌푸렸다.

정파 여인들의 문파에서 오랜 세월을 보내서인지, 교인들의 이런 탐욕스러움과 이기심은 정말 이해가 되지 않을 때가 있었다.

그때, 쾅! 소리와 함께 회의실의 문짝이 요란하게 부서져 나갔다.

그리고 부서진 문 사이로 한 사내의 인영이 드러났다.

남궁혁이었다.

"찾았다."

서릿발처럼 차가운 남궁혁의 목소리가 환서영과 마인들을 향했다.

환서영과 마교 일당들은 갑작스럽게 쳐들어온 남궁혁에 당황해 눈을 깜빡였다.

반나절이 지나도록 시신은커녕 어디로 도주했는지 흔적조차 찾지 못했던 상대가 바로 눈앞에 있는 것이다.

이걸 운이 좋다고 해야 할까.

운이 좋은 건 남궁혁도 마찬가지였다.

조각배를 떠난 후 본문에 발을 들인 검후와 남궁혁은 적의 모습을 찾을 수 없었다. 그곳은 수많은 시체로 가득 찬 채, 산 자의 인기척이라곤 전혀 느낄 수 없는 곳이었다.

검후는 텅 빈 본단을 구석까지 확인한 후, 환서영이 지부 중 하나로 옮겨 갔을 거라고 추측했다.

네 개의 지부는 전부 바닷가에 인접해 있는 데다가, 해적들을 가두기 위해 도망치기 어려운 곳에 감옥이 있어서 남궁혁의 경험은 환서영이 어느 지부에 있는지 추측하는 데 큰 도움이 되지 않았다.

도망친 시간을 역으로 계산해 보면 아예 불가능한 것도 아니겠지만, 날도 흐렸던 데다가 바닷속에서 어디로 몇 시진이나 헤엄쳤는지 남궁혁도 스스로 가늠이 안 됐으니까.

이에 검후는 남궁혁에게 한 가지 제안을 했다.

자신이 북쪽과 서쪽의 지부로 갈 테니, 남궁혁이 남쪽과 동쪽을 살펴보라는 거였다.

본단의 시신 숫자는 약 사백여 구.

검후는 이 시신들의 숫자를 제한다면 환서영이 이끌고 간 문도의 숫자는 백여 명이라고 말했다.

실력은 삼류에서 절정, 초절정까지 다양할 것이되 남궁혁의 무공을 상회하는 실력자는 없을 거라는 사실도 함께였다.

이 부분은 해남검문이 꾸준히 강자를 배출하면서도 구파

일방 중 하나로 편입되지 못하는 주요 원인이기도 했다.

이렇다 할 적이 없는 정파 무림에 비해 계속해서 해적과 맞서는 해남검문은 핵심 전력을 보호하기 어려워 힘을 보존한 채 세력을 확장할 수 없으니까.

어쨌든 검후의 계산은 그들이 전략을 세우는 데 도움을 주었다.

둘이 함께 움직인다면 적을 상대하기는 더 수월하겠지만, 그랬다가는 이 넓은 해남도를 두고 계속 꼬리잡기 같은 추격전이 벌어질 수도 있었다.

하지만 검후의 제안대로 하면, 도망칠 여지를 주지 않고 양 쪽에서 협공을 가할 수도 있다.

남궁혁은 가능한한 자신의 손으로 환서영, 그를 처단하고 싶었다.

그래서 자신이 가는 동쪽과 남쪽에 그가 있기를 진심으로 바랐다.

동문 사형제들의 복수를 하고 싶은 것은 검후도 마찬가지겠지만, 자신 또한 그래야만 했으니까.

"웬 놈이냐!"

침입자가 누군지 정확히 파악하지 못한 철혈대주가 소리를 버럭 질렀다.

철혈대는 남궁혁을 제대로 본 적이 없었다.

얼굴에 대해서 용모파기를 본 적은 있지만 이 자리에서 그를 실물로 본 것은 환서영뿐이었다.

그러나 환서영은 쳐들어온 것이 남궁혁이라는 사실을 말하지 않았다.

이 자리에서 철혈대가 그를 잡으면 철혈대가 공을 가로챌지도 몰랐다.

철혈대주는 남궁혁을 알아보지 못했지만, 남궁혁은 철혈대주를 알아보았다.

"……이렇게 만났군."

이전 삶, 자신의 배에 검을 꽂아 넣었던 마인.

그자를 여기서 만난 것 또한 남궁혁에게는 천우신조였다.

철혈대주의 입장에서는 눈앞의 침입자가 누군지 기억이 날락 말락 했지만, 어쨌든 그가 좋지 않은 의도로 문을 부수고 들어왔다는 것은 확실했다.

철혈대주가 검을 뽑음과 동시에, 모든 철혈대가 대주의 행동에 발맞춰 발검하고 남궁혁을 향해 덤벼들었다.

그 순간 뒤로 물러선 환서영은 자신이 크나큰 오판을 했다는 사실을 깨달았다.

자신뿐 아니라 교 또한 마찬가지였다.

저자를 사지 멀쩡하게 살려 두어서는 안 됐다.

저자를 잡기 위해 단순히 비약 하나만 내려 보내서도 안 됐고, 철혈대 하나만 보낸 것도 크나큰 실수였다.

회의실이 좁게 느껴질 정도로 빽빽이 자리를 차지하고 있던 서른 명의 마인들은 하나둘 쓰러져 나가며 남궁혁에게 자리를 양보했다.

점점 더 짙어지는 혈향과 검과 검이 맞부딪칠 때 나는 폭발음 소리, 이리저리 튀어 나가는 살점과 근육의 파편은 무공을 전혀 쓸 수 없게 된 환서영의 오금이 움츠러들게 하기에 충분했다.

"대주! 뭐합니까! 본 실력을 발휘하세요! 상대는 남궁혁입니다!"

환서영이 고래고래 소리를 질렀지만 철혈대주의 귀에는 전혀 들어오지 않았다.

아마 그 소리가 들렸더라면 철혈대주는 남궁혁을 상대하는 것도 잠시 잊고 환서영에게 소리를 질렀을지 모른다.

지금 이 상태가 이미 충분히 본 실력인데!

애초에 남궁혁에 대한 마교의 정보는 너무 오래됐다.

무인의 실력이란 자고로 삼 일만 지나도 그 성장을 가늠할 수 없는 법이다.

마교가 가진 정보는 금화전장의 일까지가 마지막이다.

모용세가와의 일전에서 마교는 남궁혁과 제대로 부딪치

지 않고 상황을 모면했으니까.

그 사이에 남궁혁의 실력은 진일보했다.

무공 실력의 차이라는 것은 단순히 내공의 양이나 배운 무공의 수준 같은 것에 있지 않다.

물론 그런 것들도 차이를 불러 오기는 하지만, 본질적으로는 무공에 대한 이해와 자신이 익히고 있는 무공과의 합일이 더 중요하다.

아무리 강대한 내공을 지니고 있다 한들, 그것을 제대로 활용하지 못한다면 무용지물이니까.

남궁혁은 화경의 경지를 이룩했다. 하지만 그것은 온전히 자신의 수행만으로 이루어진 것이 아니었다.

환귀곡의 기연을 통해 얻어진 내공은 지금까지 남궁혁의 행보에 큰 도움이 되었지만, 언제나 낭비가 심했다.

하지만 얼마간 자신의 경지에 대해 고민하고 지금까지 익혔던 것을 복습하는 과정에서, 남궁혁의 육체와 내공은 점차 호흡을 맞춰 갔다.

그리고 지금, 그간의 고민과 노력이 마교 안에서도 내로라하는 무력 부대인 철혈대가 고작 한 사람에게 도륙당하는 결과를 만들고 있는 것이다.

"으악—!"

철혈대주와 남궁혁 사이에 끼어들며 철혈대주에게 기회

를 주려고 했던 대원 중 하나가 쓰러졌다.

마치 도살장에서 닭 모가지를 잘라내듯 일검에 머리가 날아갔다.

정파인의 수법이라고 하기엔 믿을 수 없을 정도로 잔혹한 손속이었다.

마교인의 감상이라고 하기엔 조금 웃기기도 하지만, 마인들에게도 제 사람을 아끼는 마음은 있기 마련이니까.

"잔악무도한 놈!"

철혈대주는 치를 떨었다.

자신들이 몸 바쳐 싸우는 동안 어느새 환서영이 도망쳤다는 사실도 깨달았다.

망할 놈의 첩자 새끼, 역시 교 밖에서 오랜 세월을 보낸 놈을 믿어서는 안 됐는데!

그는 몸속의 마기를 박박 긁어 자신의 검으로 뽑아냈다.

시커먼 마기가 마지막 불꽃처럼 더욱 거세게 타오르기 시작했다.

그 검을 꼬나 쥐고 달려오는 철혈대주를 보며 남궁혁이 눈살을 찌푸렸다.

"내가 잔악무도?"

헛웃음이 났다.

현재 삶의 마교는 사실 큰일은 벌이지 않았다.

마교에 의해 정파의 피가 뿌려진 일은 무림맹 비무 대회에서의 일뿐이다.

하지만 그게 전부인가? 그들이 지금껏 조용히 숨죽이고 있었던 것이 모두의 평화를 위해서였나?

아니다.

그들이 무슨 짓을 하려고 했는지, 이전 삶에서 남궁혁은 그것을 똑똑히 지켜봤고 몸소 겪었다.

그리고 지금, 눈앞으로 날아오는 이 검에 잔학무도하게 찔려 죽었었다.

"역시 너희들은 구제할 길이 없어."

남궁혁의 발이 가볍게 바닥을 박찼다. 공중으로 몸을 띄운 후, 다시 발이 가까운 벽을 박찼다.

순식간에 남궁혁은 철혈대주의 뒤에 사뿐히 내려앉았다. 그리고 망설임 없이 검을 철혈대주의 등에 박아 넣었다.

푸욱—!

등허리에서부터 심장에 이르기까지의 길을 대각선으로 정확히 꽂아 넣자, 철혈대주의 몸이 부들부들 떨렸다.

사람의 몸은 심장이 파괴당할 경우, 일반적으로 촌각을 다투지 못하고 죽음을 맞이한다.

그리고 그건 마인이라고 해서 예외는 아니었다.

남궁혁이 검을 뽑자 철혈대주는 그 자리에 풀썩 쓰러졌다.

두 눈은 부릅떠 핏발이 선 채였다. 그가 이 자리에서 마지막까지 버틴 마인이었다.

생각해 보니 남궁혁은 그의 이름도 묻지 않았다. 마교 내에서 어떤 존재인지도 몰랐다.

이번 삶에서는 저지르지 않은 죄에 대한 것이지만 그래도 복수를 한 것인데. 이름이나 직책 정도는 알아 두는 게 좋았을까.

아니다. 남궁혁은 고개를 저었다.

이전 삶의 그라고 남궁혁의 이름을 알았을 리 없다. 남궁혁이 어떤 삶을 어떻게 살아 왔는지도 몰랐으리라.

그리고 지금 자신이 다음 일을 위해 이 방을 나가는 것처럼, 이전 삶의 그 또한 눈을 부릅뜬 채 죽은 남궁혁을 내버려 두고 나갔겠지. 자업자득이다.

남궁혁은 그렇게 생각하며 검의 핏물을 닦아 냈다.

마인들을 처리했으니, 이제는 안쓰러운 영혼들을 구제해 줄 차례였다.

*   *   *

"막아라, 막아! 죽여도 상관없다! 사지라도 하나 잘라라!"

환서영은 이지를 상실한 해남검문도들에게 목이 쉴 때까지 소리를 질렀다.

이제는 남궁혁을 붙잡는 게 중요한 일이 아니었다.

철혈대의 실력은 여기 있는 해남검문도들보다 뛰어났다.

그런 그들도 한 식경을 버티지 못한 상황에 해남검문도들이 어떻게 남궁혁을 붙잡겠는가.

이지를 상실하지 않은 상태였다면 좀 더 효과적인 대응이 가능했겠지만, 그랬더라면 애초에 환서영의 말을 듣지도 않았으리라.

남궁혁은 남궁혁대로 고전 중이었다.

마인들에게는 손속에 자비를 두지 않아도 상관없었다.

오히려 목을 베어 버리는, 역적에 대한 형벌과도 같은 참수도 거리낌이 없었다.

하지만 이들은 달랐다.

그들의 의지로 배신을 했다면 모르겠지만 그들 또한 환서영과 마교에게 당한 불쌍한 존재들이 아닌가.

검후 또한 가급적이면 지나친 손속을 피해 달라고 부탁한 데다가 그들의 이지를 파괴한 독에 대한 해법을 알아내는 것도 중요했기에, 남궁혁은 최대한 점혈이나 사지의 근맥을 베어 움직이지 못하는 쪽으로 검을 휘둘렀다.

그러니 아까만큼의 파괴력이 나오지 못하는 것은 당연한 일이었다.

그래도 남궁혁은 꾸준히 환서영을 향해 일점돌파 하고 있었다.

남궁혁의 전진은 아까보다야 느리다 뿐이지, 환서영의 입장에선 온몸이 사시나무 떨리듯 덜덜 떨려올 정도로 빨랐다.

"온몸으로 막아라! 죽음을 각오하고 막아!"

그 말에 해남검문 이들의 행동이 달라졌다.

지금까지는 거리를 벌리고 검을 휘둘러 댔다면, 이제는 육탄으로 돌격하기 시작했다.

남궁혁이 오히려 뒤로 물러나 검을 휘둘러야 했다. 제압을 위해서는 거리가 적당해야 했다.

하지만 육탄전을 불사하며 돌격하면 거리가 지나치게 좁아진다.

검을 휘둘러도 치명상밖에 입힐 수 없었다.

남궁혁이 뒤로 물러나자 이제는 뒤에서도 해남검문도들이 몰려왔다.

자신들이 검에 베이는 것도 신경 쓰지 않고 남궁혁을 둘러싸거나 끌어안으려 들었고, 그 때문에 신경이 분산되고 시야가 가려진 사이로 뒤에 서 있던 이들이 검을 찔러 넣었다.

마치 벌떼가 한 마리의 말벌을 잡기 위해 죽음을 각오하고 말벌을 둘러싸는 모습 같았다.

"크윽……!"

한 자루의 검이 남궁혁의 팔을 붙잡은 해남검문도의 배를 뚫고 남궁혁의 허리에 반 뼘의 상처를 냈다. 빠르게 그자를 털어 냈으니 망정이지 안 그랬으면 큰 상처를 허용할 뻔했다.

남궁혁의 분노한 눈동자가 뒤에서 벌벌 떨고 있는 환서영을 향했다.

참으로 비겁하고 졸렬했다.

그래도 자신이 삼십 년을 보냈던 문파고 그 긴 시간을 함께했던 사형제지 않은가.

그런 그들을 이런 식으로 소모하다니. 저러고도 인간인가?

남궁혁의 눈에 눈물이 찼다. 사람이 너무 분노하면 눈물이 날 수도 있다는 사실이 몸으로 느껴졌다.

"환서영, 네 이놈—!"

남궁혁의 포효와 함께 거친 기파가 뿜어져 나왔다.

남궁혁에게 달려들었던 해남검문도들은 그 기파를 정통으로 얻어맞고 삼 장 너머까지 날아갔다.

　그리고 남궁혁은 그대로 신형을 하늘로 날린 후, 뒤에 서 있던 환서영의 머리 위로 검을 내질렀다.

〈다음 권에 계속〉

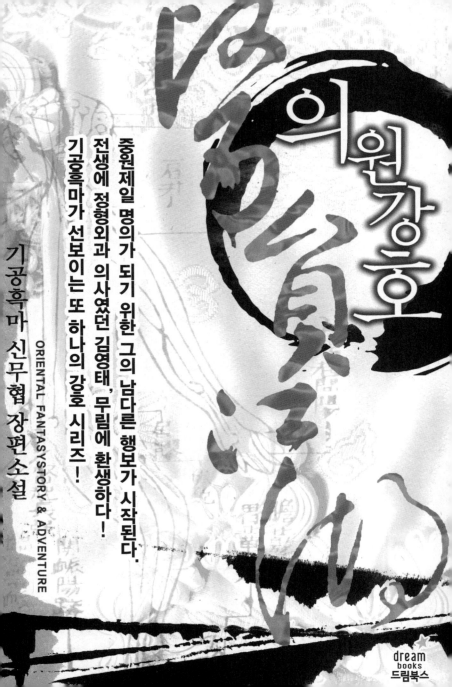

의원강호

기공흑마 신무협 장편소설

중원제일 명의가 되기 위한 그의 남다른 행보가 시작된다.

전생에 정형외과 의사였던 김영태, 무림에 환생하다!

기공흑마가 선보이는 또 하나의 강호 시리즈!

ORIENTAL FANTASYSTORY & ADVENTURE

dream
books
드림북스

마왕

요도 김남재 신무협 장편소설

ORIENTAL FANTASY STORY & ADVENTURE

『지옥왕』, 『요마전설』의 작개!
요도 김남재 신무협 장편소설

천하를 통일한 마교의 대공자 혁련휘.
오랜 세월 동안 행방불명되어 죽은 줄만 알았던 그가
동생의 복수를 위해 강호 무림에 칼을 겨눈다!

dream books
드림북스

FUSION FANTASY STORY & ADVENTURE

사도연 퓨전판타지 장편소설

신세기전

이전에는 보지 못한 새로운 판타지
눈부신 신의 세계가 눈앞에 펼쳐진다!

사도연이 보여 주는 퓨전 판타지 장편소설!

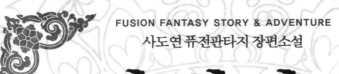

dream
books
드림북스